另一个角度看世界

林伯儒　著

上海交通大学出版社
SHANGHAI JIAO TONG UNIVERSITY PRESS

内容提要

  本书汇集了作者的所思所想,分为"认识世界""认识人性"和"认识自我"三个部分。首先从中国传统文化的视角去解读物质和意识的关系,然后提出"求存体"和"追求存在"的概念,认为人的本质是生命体和意识体组成的共同体,人们通过合作组成社会体。作者通过三重求存体的设定剖析了人性和人生,包括"情理法"的行为规范、"真善美"的目标、人生的意义、伦理困境、生死和情爱等重要命题,构成一套对于事物完整的认知。

图书在版编目(CIP)数据

  另一个角度看世界/林伯儒著. —上海:上海交
通大学出版社,2025.5. —ISBN 978 - 7 - 313 - 32479 - 5

  Ⅰ.I267.1

  中国国家版本馆 CIP 数据核字第 2025R8X489 号

另一个角度看世界
LING YIGE JIAODU KAN SHIJIE

著　　者:林伯儒

出版发行:上海交通大学出版社　　　　　地　　址:上海市番禺路 951 号

邮政编码:200030　　　　　　　　　　　电　　话:021 - 64071208

印　　制:常熟市文化印刷有限公司　　　　经　　销:全国新华书店

开　　本:880mm×1230mm　1/32　　　　印　　张:6.625

字　　数:149 千字

版　　次:2025 年 5 月第 1 版　　　　　　印　　次:2025 年 5 月第 1 次印刷

书　　号:ISBN 978 - 7 - 313 - 32479 - 5

定　　价:68.00 元

前　言

　　人总是渴望了解世界，古往今来，无数智者殚精竭虑，想要揭示世界运转的奥秘。古希腊哲学之祖泰勒斯说"万物源于水"；南亚的佛祖释迦牟尼讲"因缘和合"；中国先民则认为是大神盘古一斧子劈开了一片混沌，使阳清者上升为天，阴浊者下沉为地，中间受阴阳二炁交感，化生出万物来。古人这些伟大的思想都简洁优美，在当时能够解释很多现象，消除很多疑惑。

　　自 16 世纪现代科学发展以来，科学家们一起搭建出庞大的科学知识体系，使人们对物质世界的理解一日千里，特别是 20 世纪初相对论和量子力学的提出，更将这种理解从宏观到微观都推至极致，再进一步几乎非人力所能及。

　　科学的大发展极大提升了人们的认知能力，也带来两个问题。第一，那些最贴近真理的思考被局限在一小撮数学家或物理学家之间，普罗大众一方面理解不了那些过于高深的理论，比如麦克斯韦 1873 年提出的方程组如何用偏微分揭示电场和磁场的关系；另一方面也没必要，他们使用本能、基础物理知识和计算器就足以应付工作和生活的需求。第二，人们在现实生活中总碰到关乎人生、伦理和人性之类的重大问题，这种时候深邃的科学知识却往往爱莫能助。

比如人性善恶，为何在浅表的生活里，人性总是持续地表现出恶的一面，人与人之间的倾轧几乎无处不在，以至于人与人之间的善意，是社会最普遍的渴求。但人性又为何总还保留善的一面，就像沙滩上的贝壳，只要你向前行走，总能在不经意之间遇到。到了"最危险的时候"，人们也总能发出吼声，将丑恶的事物一扫而光，打造出一个新的世界。

即使是行善，也会让人踌躇。比如扳道工难题，一个扳道工发现火车前方有五个小孩在玩耍，岔道上有一个小孩在玩耍，那么他应不应该扳道，让火车驶入岔路，为了拯救五个小孩而牺牲一个小孩呢？

不说这样的亘古难题，平凡的人们在日常的生活里，也常常陷入两难，一件小小的事情，理性认为"应该"这样做，而情感上"想要"那样做，道德和法律又"规定"了另一种做法，让人踌躇不已。

人和人还不一样，有的人本能强大，有的人理性超群；有的人我行我素，也有的人规行矩步；市井中充斥肝胆侠气，庙堂上不乏忧国忧民。人和人的特质天差地别，一个人活在世上，总难免因为外在的差异和内心的冲突而烦恼、痛苦。

本书将尝试探讨解决这些关于人生和人性的问题，用一套统一的理论将人们心内的意识世界和身外的物质世界协调起来，达到宁静通达的境界。

万物有其本原，循着规律发展而来，又朝向目标发展而去，造就了一个浩浩汤汤的世界。人是世界的一部分，万物的一种，身处于世界大潮中，终归也只能顺势而行。因此，"认知世界"，是一个核心问题。人认识了世界，了解事物发展的规律，才能正确预测未来，做出正确的选择。

所有先哲先圣，当他们试图解释世界的时候，首先都要做出最基础的概念设定，再建立合乎逻辑的规律，最后去解释世界上纷繁的现象，指导人的行为。比如神话的基础设定是：人世之上另有一群神明，拥有种种不可思议的神力，掌控着整个世界的运行。在这个基础设定下，所有风雨雷电、生老病死的变化都合乎逻辑。人们所应做的，便是虔诚地跪拜、祭祀于神明，并遵照他们的谕示而行动。佛教的基础设定是无明缘起，因缘和合，认为是人对佛理的无知造成了人在苦难中的不断轮回，所以人生务必要破除无明，得无上正等正觉，"谓无明灭故行灭，行灭故识灭"，乃至"生灭故老死灭"①，然后涅槃寂静，彻底从人世的苦难中解脱出来。

科学则以一系列的基础定义和实证的方法学为基础，只接受经过实践检验的假设为可靠知识，然后继续做出新的假设，不断重复积累。

科学的设定简洁有效，比如微观的物质粒子总是运动着，而物理学用简单的"温度"概念定义了这种运动的剧烈程度。泡茶时，水壶里无数水分子的运动随着热量的吸收而逐渐剧烈，直到无法维持液体形态而不得不变成水蒸气。这么一个在微观层面无比复杂的过程，人们只是亲切地将之称为"水开了"，并把它理解为"温度攀升"的必然结果。科学对于热量、温度和水的形态的设定简单而易于检测，在此基础上总结的规律也可靠而稳定。

通过类似的方式，科学不断揭露着世界的本质，获得了巨大的成功，对星空和深海的认识都取得了前所未有的进展，却何以在关于人生和人性的问题上止步不前？

---

① 《杂阿含经》卷十二、十三。

　　既然人是万物的一种,人生和人性的问题就绝非孤独的存在,必然也遵守事物存在和变化的规律。所以,这些问题并非不可剖析,我们首先要明确这一点。这一点很重要,有了这个信心,我们就敢于进一步去提出问题:是不是我们关于人的基础设定有问题,才让这些问题变得格外复杂且难以捉摸?

　　我们对物的设定简单而有效,比如,什么是锤子。一块沉甸甸的柱状铁块若在中间穿一个孔,穿入一根坚韧的木柄,使其便于挥砸,便组成了一个锤子,从诞生那一刻起,它的宿命就是将一根又一根钉子敲入木头。若是柱状铁块的一头被砸扁并从中切开,做成一个弯曲的 V 形,这个铁块做成的锤子就被称为羊角锤,除了可以敲钉子外,还可以用 V 形的底端夹住钉头,把钉子从木头里拔出来。也就是说,羊角锤不但和普通锤子一样可以用来敲击钉子,还有着拔钉器的功能。

　　那么,什么是人? 一个人是一把普通的锤子还是一把羊角锤? 如果是后者,那么当它碰到一枚钉子,心中就不免会涌出敲和拔这两种自相矛盾的冲动,陷入普通锤子不会有的迷茫。

　　人远比锤子复杂,不但有着高等动物复杂的生存本能,以及深邃的理性思考能力,还受着各种社会规则的作用。要找到人的本原,绝非易事,但也并非毫无可能,只是必须耐住性子剥茧抽丝,逐层深入。这是本书的任务,万事开头难,我们不妨从最基本的事物说起。

　　另,本书中的观点,来源于我在日常生活里的思考与感悟,仅代表个人见解,供各位读者参考。

目　录

第一部分　认识世界

第二部分　认识人性

第三部分　认识自我

第一部分 认识世界

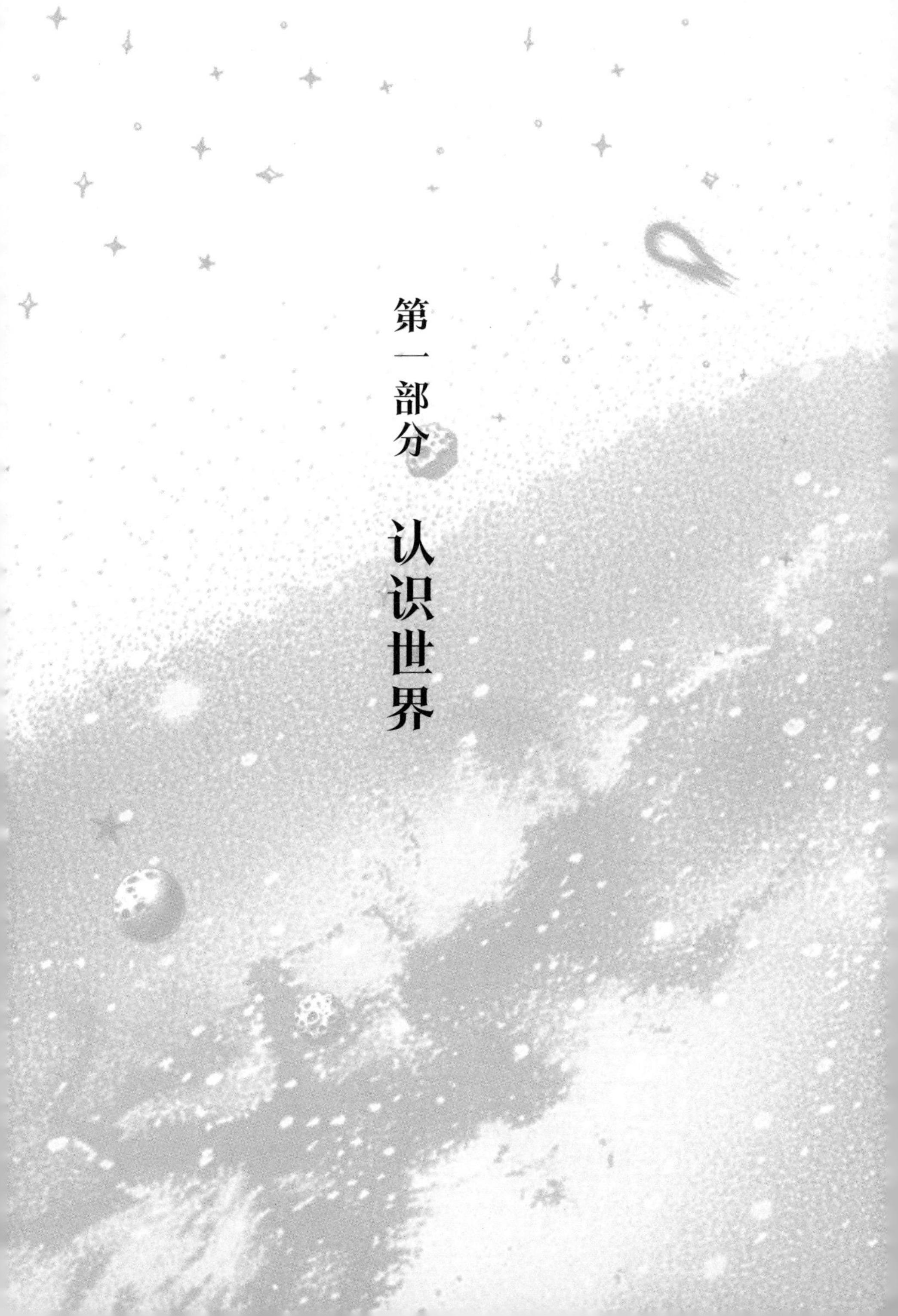

第一章　继续王阳明的格竹事业

从我的窗口看出去，有一丛茂盛的竹子，我们就从竹子说起吧。

竹子在中国人的心目中有着特殊的地位，首先形象比较高雅，比如梅、兰、竹、菊被尊称为"四君子"，松、竹、梅又叫"岁寒三友"，都是品行高洁的象征。其次，"丝竹"曾是音乐的代名词，用竹子制作的箫，被誉为乐器中的君子。最后，竹子还有实用的一面。其用途非常广泛，竹竿可以用在建筑工地上搭脚手架，竹笋可以用来做出"油焖春笋"这样令人垂涎的美食。

除去这些以外，竹子还在中国哲学史上跑过一个"小龙套"。这个事情说来话长，儒家有一部经典著作叫《大学》，原来是"五经"之一《礼记》中的一章，被程颢、程颐兄弟单独抽出来添油加醋，整理成一本书。后来又被朱熹拿来与《论语》《孟子》《中庸》并列，合称"四书"，还尊其为四书之首。

《大学》之所以这么被尊崇，主要是因为它提出了一整套做人的纲领，曰："古之欲明明德于天下者，先治其国。欲治其国者，先齐其家。欲齐其家者，先修其身。欲修其身者，先正其心。欲正其心者，先诚其意。欲诚其意者，先致其知。致知在格物。"

整理起来可以叫做"格物、致知、诚意、正心、修身、齐家、治国、平天下",给人生制定了明确的步骤和目标,先格物,然后致知,一步一步修炼下去,最后达到"明明德于天下"的最高境界。

人的一生错综复杂,任何人在少年时都难免惶恐,或者在人生的某个阶段陷入迷惘,但这套流程一下子指明了方向,而且循序渐进,显得颇为高明。比如一个年轻人已经成家了,但是不能平衡好工作和家庭的关系,不知道怎么办。这时如果翻开《大学》,把自己的情况往那套流程上一套,马上就知道这属于"齐家"和"治国"的矛盾,应该以家庭为重,先妥善处理好家庭事务,等到家庭和谐了,工作起来就会更踏实,更有动力,也就更容易在工作中取得成绩,由此不断提升,往"平天下"的方向迈进。而如果不知道怎么"齐家",那就要努力"修身",提升自己的道德品质,与人为善,同时学习有用的技能,打下良好的经济基础。不知道怎么"修身",那就先"正心"……

但是,有一个小小的问题,这一整套流程都没有提到具体的修炼方法,比如应该用什么方法去"格物",到什么程度算"致知",所以大家也只能根据自己的理解去解释和操作。像朱熹推崇"四书",就特意编了《四书集注》,把这四本书根据自己的理解解释了一遍。

有一点是肯定的,按照《大学》倡行的修行模式,不管你能够达到什么样的境界,都要从"格物"开始,先"格物致知",接着才能有后面的"诚意正心"和"修齐治平"。像朱熹对"格物"的理解是:"格,至也。物,犹事也。穷推至事物之理,欲其极处无不到也。"[1]意思是,"格"就是"至",物和事都一样,"格物"就是"至事物",穷尽可能地去接近事物背后隐藏的"理"。

---

[1] 朱熹《四书集注》之《大学章句》。

　　朱熹自有其高明之处,不过他这个解释更多阐述了一种境界或状态,就是说"格物"要达到"穷推至事物之理"的地步,但是关于"格物"的方法,也就是应该怎么去"穷推",怎么才能"欲其极处",并没有说清楚,算是留了一个坑。

　　明朝儒家圣人王阳明,一不小心就掉到这个坑里去了。年轻时候的王阳明崇拜朱熹,想实践一下怎么个"穷推"法。鉴于朱熹没有说清楚格物之法,王阳明也就不太明白应该怎么格物,但他是个实干的人,并没有在这点上纠结,而是直接邀请了朋友一起在自家院子里实践。至于应该格什么物,想来万物同理,不必太过于纠结。他家是书香门第,格调高雅,所以"居有竹",院子里种了不少竹子。于是他随手拈来,就"格竹子"了。

　　王阳明格竹的故事在中国哲学史上赫赫有名,也因此成就了我们的竹子这个"小龙套"。据说,年轻的王阳明格了七天七夜,最后隐藏在竹子里的至理没格出来,人却累倒了。躺在病床上缓过劲来的王阳明痛定思痛,认为"格物穷理"的路根本走不通,于是开始寻找适合自己的道路。很多年以后,经历了大起大落的王阳明在贵州龙场驿当驿丞的时候提出了心学,成为一代宗师。回忆起小时候那次失败的实验,王阳明感慨万千地说:"格者,正也。正其不正以归于正之谓也。正其不正者,去恶之谓也。归于正者,为善之谓也。夫是之谓格。"①也就是说,格就是纠正的意思,就是"正其不正以归于正",所以格物就是为善去恶,纠正那些"不正"的恶,做到为善去恶,就找到了自己的良知,这就是所谓的"致良知",可简称"致知"。

　　史书上没有说王阳明是怎么"格竹子"的,考虑到那个时代

———————

① 王阳明《大学问》。

的科研水平,他应该也没有做实验的设备,所以他"格竹"的方式很可能是观察、思考加感悟,鉴于年纪轻轻的他最后竟然累病了,他的思考强度肯定很大,而且没注意休息。

竹子里有没有真理呢?当然有,事物的存在和变化遵从统一的规律,没有任何事物能够独立于所有其他事物而存在。竹子是万物的一种,所有隐藏于万物背后的真理,必然也体现在竹子上,也就是说,追求真理确实可以从竹子着手。

所以,我们也可以试试来"格竹",看看能否找到更多的真理。先贤既然没有明确告知格物致知的方法,朱熹和王阳明也分别把"格"理解成"至"和"正",思维都非常活跃,我们不妨也大胆地提出自己的见解。"格"最基本的意思是方格、格子,用作动词,便是打格子、分格子的意思。抽屉里收纳东西多了容易乱成一团,放一个分格器进去,再把东西按类别放进一个个小格子,就整齐多了。所以,"格"可以理解为"格分",就像透过木格窗子看竹子,竹子就会被一格一格地分开。虽有盲人摸象的嫌疑,但我们确实发现,初步格分后,竹子大致被分成了竹鞭、竹竿、竹枝和竹叶。竹鞭在土中吸取养分,不断生长,扩大竹子的领地,然后在合适的地方破土而出,长出一颗新鲜的竹笋。竹笋向上茁壮发育,变成竹竿和竹枝一起承载着竹叶,竹叶在高处沐浴在阳光中,进行光合作用,合成竹子需要的有机物,源源不断地向下供给竹枝、竹竿和竹鞭。

在我家的窗外和王阳明家的院子里,每株竹子都是这么一个由竹鞭、竹竿、竹枝和竹叶组成的整体。正是注意到这一点,我们才取用竹子身上的部位作不同用途,比如把竹竿修剪整齐拿来搭脚手架。这一点过于明显,王阳明想必也注意到了,但是他肯定没有满意,否则以他的才智也不需要"格"上七天七夜。

只可惜中国没有做实验的传统，而王阳明也没有显微镜，否则他就能够把"格竹"进行得更深入一步。那样的话，也许他就能比英国人罗伯特·胡克（Robert Hooke）早两百年发现，不管是竹鞭还是竹竿，都由一个个微小的细胞组成。

我们可以轻松"格"到这一步，是因为关于细胞的知识对我们来说已经是常识。虽然我们肉眼看不到细胞，但是完全可以想象一株竹子是一个由大量细胞组成的群体。而通过对细胞结构和功能的进一步研究，就可以了解到很多竹子内部肉眼看不见的奥秘，比如竹竿细胞含有大量纤维素，因而有着非凡的韧性和强度。

但是我们仍然不能明白为什么太阳照在竹叶细胞上，竹子就制造了养分？为什么竹子细胞们总是排列成这个我们称为竹子的样子？是什么决定了竹子的细胞们的形状、功能和排列的方式？

我们实在比王阳明幸运太多，因为科学的发展让我们能够把细胞都"格"开来，从而在分子层面认识细胞器、细胞核和染色体的结构。比如叶绿体怎么搬运水分子和二氧化碳分子，在阳光的帮助下发生光合反应，生成有机物和氧气。而细胞核深处的染色体又是怎么通过碱基的排列来设计蛋白质的合成，最终决定了竹子这个物种的存在方式的。

如果我们有足够的耐心，我们还可以往下"格"，比如把组成叶绿体、线粒体和染色体的分子"格"开，那么我们就会发现碳氢氧氮等数十种原子，然后在不同原子里面发现同样的质子、中子和电子。

还好量子理论揭示了物质由不可分的夸克、轻子等基本粒子构成①，这意味着我们的格物实验终究可以停下来，而不必无限深入下去。面对这株在我们眼前随风摇摆的竹子，我们可以断定，挺立在我们面前的，既是由一根竹竿，几根竹枝和一堆竹叶组成的"一株竹子"，又是由一大堆竹细胞组成的群体，还是由海量的分子、原子……归根结底，由基本粒子组成的庞大集体。量子力学同时揭示了，微观粒子有着波动性，可能只是虚空的一缕波动，如果是这样，物质的存在将无所依托。好在微观粒子同时有着粒子的特性，即所谓的波粒二相性②，为物质的实在留下了一个基础。

也就是说，所谓的物质世界，归根结底是一堆基本粒子，只是它们碰巧以某个方式组合，便形成了以这个组合方式持续存在一定时间的群体。比如两个上夸克和一个下夸克通过强力结合在一起，就形成了"一个"普遍存在的稳定的夸克组合方式，人们把它定义为"质子"，于是化学老师会在上课时说，一个质子和一个电子组成了一个氢原子。实际上，物质世界里并没有质子，现实中实实在在的是两个上夸克、一个下夸克和一个电子一起组合成了氢原子。质子是人在意识世界里的定义，定义了质子，就可以方便地定义氢原子，然后人们又可以说，两个氢原子和一个氧原子组合成了一个水分子。现实里哪有什么水，如果我们的眼睛再明察一些，就会看见自来水龙头里流出来源源不断的上夸克、下夸克和电子；环顾四周，哪有什么天地虫鱼，鸟语花

---

① 夸克理论最早由美国物理学家默里·盖尔曼和 G. 茨威格在 20 世纪 60 年代提出，他们认为所有的强子（如质子和中子）都由更基本的夸克组成。

② 20 世纪上半叶由爱因斯坦、德布罗意等多位物理学家提出并完善的物理理论，认为一切物质都具有波和粒子的双重性质。

香，不过全是以这样或那样方式组合的基本粒子而已。这种所谓的"定义"其实是我们的意识世界模拟物质世界的方式，我们给那些或简单或复杂但稳定的物质组合方式一个名字，将其认定为不可分割的"一"，于是得以方便地建立意识世界，比如我们说"一个骑兵冲了过来"，不用进行"一个人骑了一匹马手持一杆长矛"这样繁琐的描述，但是"骑兵"是意识世界的物事，现实中并没有那样的东西，现实世界里确实是一个人骑了一匹马手持一杆长矛。不对，人、马和长矛也都是意识世界的物事，实际上冲过来的——归根结底是一堆基本粒子，只有它们是实实在在的。

　　包括眼前这株随风摇曳的竹子，它归根结底也是一堆基本粒子。在此之外，它是什么，取决于谁从哪一个层面去认知它——用什么定义去规定它。同样一株竹子，对竹林里某只正在寻觅猎物的螳螂或某只小心翼翼隐藏自己的竹节虫而言，意义并不一样。在竹节虫眼中，眼前的枝叶是生死攸关的栖身之所，天知道它们和地下的竹鞭一样是"一株竹子"的一部分。而无处不在的细菌病毒们，正绞尽脑汁地进攻着眼前巨大的竹细胞那坚不可摧的细胞壁，竹叶、竹枝这样的概念太庞大了，而夸克和原子那样的概念又太微小了，鬼知道那些是什么玩意儿。

　　对我们而言，竹细胞肉眼不可见，在没有显微镜的年代里我们也不曾得知它们的存在，更别提远小于细胞的微观粒子。在我们柴米油盐的生活中，似乎也没有什么必要去了解后者的存在。就像王阳明格竹失败之后对竹子失去了兴趣，于是让管家找来一个篾匠，吩咐他将院中"那几株竹子"掘走，他甚至不大会提起那是一堆竹枝竹叶。

　　我们虽然清楚地知道细胞和粒子的存在，但在面对篾匠的时候也绝不会说："你好，那堆大概 9.527×10^{25} 个原子卖给你了，开个价吧。"篾匠同样不会理睬这样的话语，对他而言，只有竹子的大小、粗细这些与他心目中要制造的产品相关的信息才是重要的。商议好价格，他拿起篾刀，砍断竹子带回家，然后劈成竹竿、篾条、竹枝和竹钉，最后组装成一把把扫帚，又卖几把给王阳明。王阳明作为远庖厨的读书人，恐怕不屑于打量扫帚，但我们惊奇地发现，组成竹子的大部分部位都还在，比如竹竿和竹枝，但是原来那株竹子没了，眼前存在于世间的是一把扫帚。

王阳明府上是重视门面的书香门第，洒扫庭院非常频繁，很快扫帚就被用坏了。用坏的扫帚最后被厨房佣人拿了去废物利用，给劈成了柴火，某日被喂进灶膛烧成了灰烬。当扫帚被劈成柴，竹竿就没了；而烧成灰后，竹细胞和纤维素也一起没了，唯一剩下的那些黑乎乎的物质现在叫灶灰，厚厚地累积在灶台里。某日仆人把灶灰扒出来，当成肥料给施到了院子里。第二年春天，奇迹出现了，一段竹鞭吸收了锅灰的养分，向上冒出一颗竹笋，在春雨的滋润下迅速发育出竹竿、竹枝和竹叶，最后长成了一株新的竹子。

王阳明实在不应该只坚持七天七夜，而且他不必没日没夜地盯着竹子苦思冥想。假如他不那么劳累，而是该吃的时候吃，该睡的时候睡，甚至还可以正常去上学、逛街或和小伙伴们玩耍，只是定期去观察竹子的变化，直到那些平淡无奇的物质完成一个从竹子到竹子的轮回（见图1），他就会发现，眼前同样的一堆物质，一会儿组成竹子，一会儿扮演扫帚，偶尔还客串一下锅灰。在这个过程中，竹子、扫帚和锅灰，都只是物质一种暂时的组合形式，我们所观察到的变化也只是物质从一种组合形式转变为另一种组合形式而已。

这让我们对物质的存在有了初步的理解，物质首先从最微

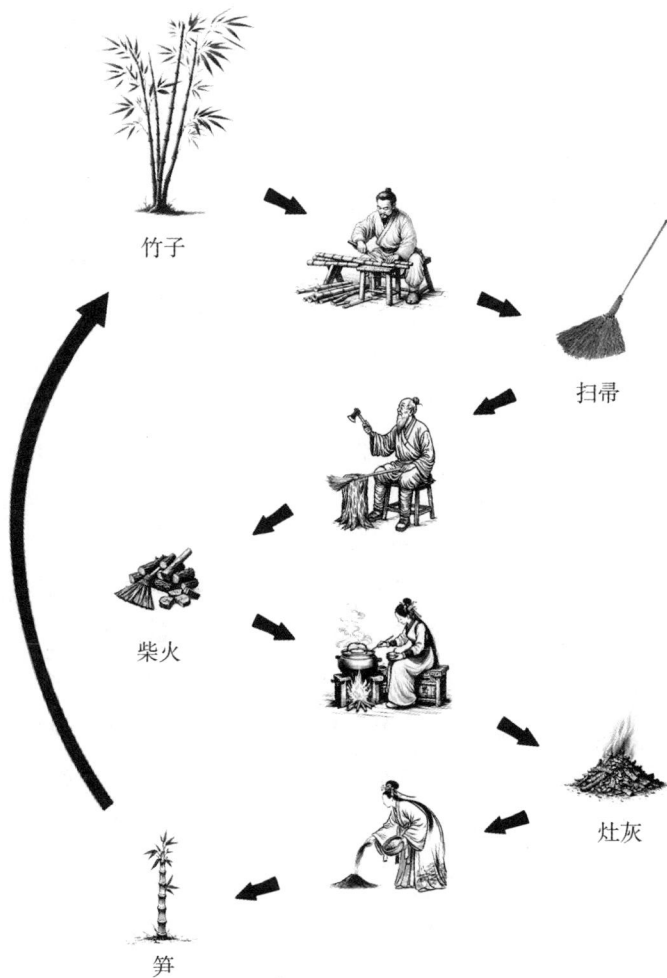

图 1 从竹子到竹子的轮回①

———————

① 本书中的图均为 AI 自动生成。

小的粒子开始,组成高一层级的某个物体,这个物体又和其他同一层级的物体一起组成更高层级的物体,就这样从微观到宏观,从粒子到细胞,最后到竹子。

可见,存在有着两方面的意义。首先,物质的存在是绝对的,院中若有一株竹子,就有那么一堆基本粒子杵在那里,不管人们看到的是竹竿、枝叶、细胞或原子。

其次,物质总是以特殊的方式组合。以竹子为例,这一堆基本粒子首先组成了各种碳氢氧氮原子,然后原子们组成大分子细胞器,细胞器们组成细胞,最后细胞组成了竹子。在这个层层叠加的链条中,所有被组成的物体都是独特的。比如,质子、中子、电子们并不能随心所欲地组合,而只能构成元素周期表上那100多种原子。细胞们也不是随意生长,否则不能长成一株标准的竹子。

我们通过"格竹"发现了,所谓的"诞生"和"消亡",都是某种物质组合方式的存在和消亡。比如一把扫帚被篾匠制造出来,我们不会认为篾匠制造了任何物质,而残破的扫帚被劈成柴火或烧成灰的时候,我们也知道,没有任何物质在这个过程中消失了。所诞生和消亡的,只有那把扫帚或那堆柴火,即那些个被称为"扫帚"或"柴火"的物质组合方式。我们通常所谓的存在,并非物质的存在,而是物质组合方式的存在。为了叙述方便,这种特殊的物质组合方式,不妨就称为"组方",组方对应的物体,可以称为"存在体"。图2表示了物质和组方的关系。

一个存在体必然对应着一个组方,也就是说,存在体可以理解为描述着组方的物质,比如王家院子里我们格了半天的那株竹子。现在我们知道那是一个描述着"竹子"这一组方的存在体,由被称为竹鞭、竹竿、竹枝和竹叶的存在体们组成。这些竹

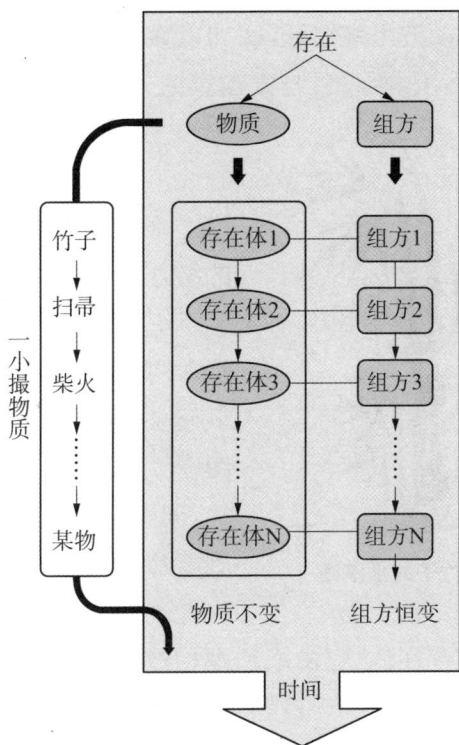

图 2　物质和组方的关系

　　子的组件又分别由一大堆竹细胞组成,而每个细胞也都是一个
存在体,描述着各自独特的组方。

　　存在体的特定物质结构一旦形成,就拥有了在某种条件下主
导某些变化的可能。比如竹叶细胞里面的叶绿体,能够在阳光照
射下发生光合作用,把水和二氧化碳转化成有机物和氧气。这种
由结构决定的主导物质变化的能力,即存在体的"功能"。这些功
能被利用后形成用途,比如竹竿和竹笋可以分别拿来搭脚手架和

烧油焖笋,完全是因为前者细长又坚韧而后者有营养且美味。

竹子还可以被用来造纸,比如以嫩竹为主料生产的夹江手工纸洁白柔软,浸润保墨,与安徽宣纸齐名,被国画大师齐白石称为"国之二宝"。显然,竹子被制成了纸后,同样的物质就不再描述竹子的组方,而描述了"纸"的组方。纸可以拿来作画,不知道小王同学喜不喜欢画画,如果喜欢的话,在格竹之余,倒是可以画画竹子来陶冶情操(见图3)。像清代著名画家郑板桥,创作的《竹石图》里的竹子清雅简劲,观之有凌云之志。

图3 一幅竹子的水墨画

《竹石图》是一个通常被我们称为"画"的存在体,它由纸和墨构成,其中纸是一个载体,上面由郑板桥大师画上了一些墨,这些墨的形状像极了栩栩如生的竹子。也就是说,构成《竹石图》的物质,不但展现了"画"的组方,还描述了竹子的组方。

这并不稀奇,我们知道还有一种由照相机拍摄的叫"照片"的存在体,可以更清晰地描述别的存在体的组方。比如扫帚,当阳光照射在扫帚上,就因其表面凹凸不平而产生不同的反射,于是这些被反射的光线里就携带了关于扫帚组方的信息。用照相机的镜头对准这些光线,打开快门,让这些带着组方信息的光线进入照相机的镜头,经过一系列的转换,最后被凝聚在照片上。这张照片就通过那一个被照相机镜头对准的角度描述了扫帚的组方。虽然这样的描述未必充分,但它和画一样表明了:组方既可以由它所对应的存在体直接展现，也可以被某种介质间接描述。这两种组方的存在方式可以分别称为组方的"实存"和"虚存"。

我们的眼睛也有着类似照相机的结构和功能，从扫帚上出发的那些光线通过我们的角膜后被晶状体凝聚在视网膜上，激发出神经电信号携带着扫帚的组方传递到大脑，于是我们就"看见"了扫帚。同时，这些通过光线和神经电信号传递的关于扫帚组方的信息就存在于我们的脑子里。这种在大脑里储存的信息，通常被称作"意识"。假如篾匠某天有闲暇，写一本《扫帚制作指南》，他就把大脑中关于扫帚组方的意识，通过文字的形式详细地转存到了这本书里。

我们神奇的脑子首先是一个像排球那么大，看起来跟剥壳的核桃一样的存在体，描述着"脑"这一组方，但在它表面灰扑扑的沟回里，储存了我们的感官所搜集到的所有组方信息所转换成的意识，这些意识在我们鼻梁后面、两耳之间的狭小空间内，编织出一个世界。它对应着物质世界，却和它不完全相同，因为眼睛所能看到的范围只不过是地球的一个小小角落，地平线外面还有着浩瀚无垠的空间，这些无法通过感官得知的区域，被有些擅于联想的大脑利用已知的组方去作了假设，比如大地被想象成一块四方的巨石，下面由神龟驮着浮在大洋里①（见图4）。

那样巨大的神龟是现实的物质世界里没有的，实际上，把它想象出的人也从没有通过眼睛看到过，它是由大脑利用看到过的组方拓展拼凑而成的。大概是因为地平线尽头总有着无垠的海，而乌龟生活在水里，其后背既坚实又稳健。大脑将这些已知

---

① 《列子·汤问篇》中记载了龙伯钓龟的神话，描述了五座神山由十五只巨龟轮流驮负的情景。

图 4 神话中神龟驮负神山（AI 制图）

的组方拼凑拓展，突破现实的限制，创造出全新的组方来。这些被创造的组方，有的并不符合物质世界的规律，并不能在物质世界里存在，被物质描述，而只能虚存于大脑里。但也有的被创造的组方虽然在当时的现实中并不存在，实际上却是可以存在的，比如扫帚。在第一把扫帚被发明之前，世界上并没有扫帚，但当它的组方在发明人的意识世界里被创造出来后，因为它的实存形式符合物质世界的规律，于是被发明人在现实中制造了出来，从此世界上就有了扫帚这一存在体。随着扫帚的组方不断被人复制到更多人的意识世界里，现实中被制造出来的扫帚也越来越多，慢慢地大家都拿扫帚来扫地了。当然了，有的被想象出来的扫帚可以用来骑着快速飞行，这样的扫帚不符合物质世界的规律，在现实中也就造不出来了。

但是，飞天扫帚也不是不存在，而是只能虚存在某些人的意识世界或书籍、电影之类的信息载体里。何况，虚存的组方未必不发生实际的作用。成语云：杞人忧天、伯虑愁眠。世上有的是各种胡思乱想的人，为了虚幻的想象而心惊胆战。如果那些害怕大地随时崩裂的人愿意相信大地神龟论，想想千年王八万年龟，大地被托得妥妥的，不会突然发生什么意外，也就不必日日担惊受怕，也就可以睡得安心点了。

现在我们可以停止格竹了，我们比王圣人幸运太多，借助于科学知识和积极的思考，我们并没有累垮，反而在很短的时间内得到了重要的结果。我们把"格"理解为"分格"，然后把竹子作为一个整体画上格子，一格格地区分开来，不断重复这个过程。于是逐步发现竹子同时也是一定数量的竹竿、竹枝、竹叶、竹细胞、叶绿素和各种分子原子。这意味着竹子的存在可以引申出两个内涵，一方面一株竹子对应着一定量的物质，代表着物质的存在。另一方面，这些物质组成了特殊的结构，代表着组方的存在。从竹子引申到万物，就可以很好地理解我们所处的物质世界了。

在这个世界里，有一小撮物质构成了人的大脑，它形成无比复杂的结构，能够接收各种感官所感知的来自物质世界的组方信息，并对它们进行加工和拓展，使之转化为意识，进而在脑海里构建出一个意识的世界。

正是在这个世界里，我窗前的那堆迎风招展的物质被称为了"一株竹子"，或者"一根竹竿、几根竹枝和几片竹叶"，或者"一堆竹细胞"。假如没有意识，物质世界还是这个物质世界，竹子还是一模一样的一堆物质，自顾自存在着。但因为人的存在，这堆物质的存在同时代表了物质世界里一堆物质的存在和意识世界里一系列组方的存在，比如一片竹叶既是一堆物质，又是一片竹叶，还是一堆竹叶细胞组成的庞大群体或者一株竹子的一个微小部分。同理，一个人既是物质世界里的一堆物质，也是意识世界里的一个"人"，物质的人有着物质的功能，遵循物质的规律变化；意识的人有着意识的功能，遵循意识的规律变化。

至于物质和意识的关系，显然，物质世界为意识世界提供了存在的基础，没有物质就没有大脑，没有大脑也就没有意识世界，何况物质世界为意识世界提供了无数素材，所有人呱呱坠地后，都是通过认识物质世界慢慢搭建起了自己的意识世界，没有人可以纯粹通过想象建立起意识世界。或者说，如果没有从物质世界汲取素材，人也没办法搭建意识世界。因此，当意识世界被搭建的时候，物质决定了意识，就像格竹的时候，关于竹子组方的信息丝丝缕缕地通过眼睛进入小王同学和我们的大脑，在意识世界里拼凑出和现实对应的竹子来（见图5）。

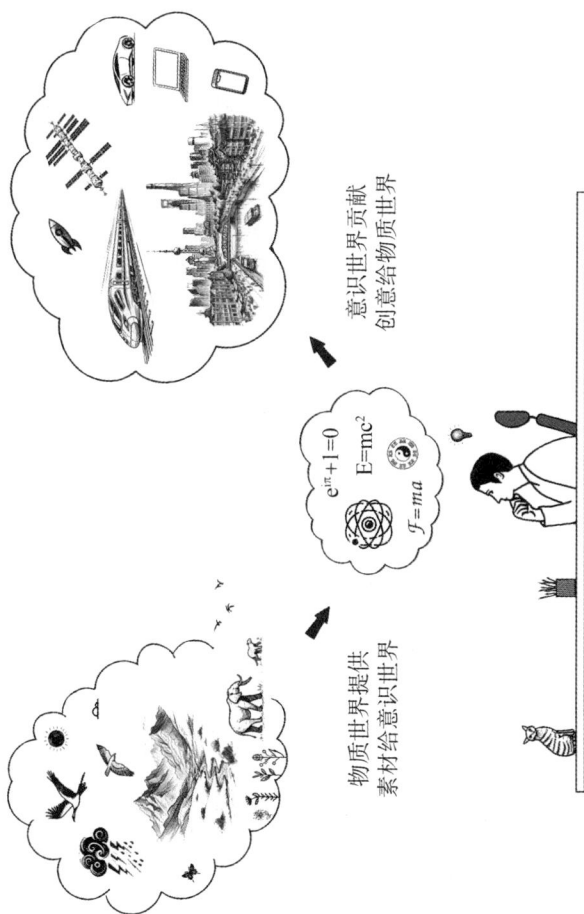

物质世界提供
素材给意识世界

意识世界贡献
创意给物质世界

$e^{i\pi}+1=0$
$E=mc^2$
$F=ma$

图 5　物质和意识的相互转化

　　意识世界则为物质世界提供了创造性，当大脑挥动想象的翅膀，并指挥双手改造物质世界的时候，意识就决定了物质。我们正是通过这种方式拥有了扫帚、电视机和火星探测器，以及宇宙中一切原来没有的东西。这一份创造性独一无二，虽然常人的脑袋比篮球还要小一点，但一个大脑中所存在着的那个充满想象力的意识世界，却可以比物质世界更无垠，更不受限制，更不可捉摸，以及更精彩绝伦。

第二章　众生求存

　　我们快乐的格竹活动结束了,王阳明继续走向他那波澜壮阔的一生,竹子也努力实践着成为扫帚或脚手架的宿命。至于幸运的我们,通过格竹了解到了物质和组方的关系,轻松解锁了物质世界和意识世界的秘密。

　　当然,这只是我们思考的起点,我们还指望着探索更多的奥秘。比如此时此刻,宇宙中一小撮平凡的物质,经历了怎样非凡的过程,最终在我们的眼前组合成一株摇曳生姿的竹子和一个无比精彩的世界,而下一刻乃至无尽的未来,又将变化成什么样子?

　　2 600多年前的一个黄昏,在印度菩提伽耶的小伙子乔达摩·悉达多已经思考这些问题很久了。他刚刚结束了六年苦修,从树林里走出来,身体非常虚弱,和牧羊女讨了一碗羊奶喝下,好歹恢复了一些体力。他走到一棵菩提树下,开始打坐。

　　悉达多思考这些问题,倒不是因为竹子。几年前他出门玩耍,发现路边躺了一个人,老态龙钟,还病得奄奄一息。悉达多家是婆罗门教的忠实信徒,虽然从种姓上属于第二等的刹帝利,但《吠陀》和《奥义书》这样的经典也是从小研习。典籍有云,世间至高无上者,叫做"梵",它是万物的总和、宇宙的化身,所有规则的源头和所有结果的唯一原因，是包罗万象的一个"大我"。人的灵魂所系，则是一个"小我"，叫做"阿特曼"。因此人生是一个修行的过程，要努力驱动"阿特曼"去感应"梵"的存在，若能使两者彼此共鸣，融为一体，就达到了传说中的最高境界——"梵我如一"。

这和青藏高原另一侧的"天人合一"颇为相似，可惜悉达多无缘得知。彼时彼刻，当他看到那个重病老人，想及亲友、自己和众生都处在重重轮回之中，一次次遭受生老病死的折磨不得摆脱，内心难免伤感。伤感之余，问题接踵而来，怎么才能让人们在重重轮回的苦难中得到彻底的解脱呢？为了找到这个问题的答案，他跟着一个沙门破家出走，先后学习了禅定和苦行等诸多法门，但都没太大的收获。

此时此刻，恢复些许体力的悉达多坐到菩提树下。天渐渐黑了，他环顾四周，只见明月初升，树影阑珊，虽然身体衰弱，却涌起了强大的决心，大道若不可证，眼前寂静清幽，便是绝佳的埋骨之所。他微微一笑，闭上眼睛，开始入定。

七天七夜后的凌晨，悉达多睁开了眼睛，心中再无疑惑，起身飘然而去。从此传道不辍，人称"佛祖释迦牟尼"。

觉悟的悉达多认为，世间的烦恼痛苦，并非取决于某个永恒不变的主宰，而是被一系列相继触发的原因造就，他把这一系列原因称为"十二因缘"，分别是：无明、行、识、名色、六入、触、受、爱、取、有、生、老死。并认为它们是这样运行的，"无明缘行，行缘识，识缘名色，名色缘六入，六入缘触，触缘受，受缘爱，爱缘取，取缘有，有缘生，生缘老死"[①]。也就是说，对真理的无知引起

---

① 十二因缘作为佛教的核心理论之一，在《阿含经》等佛经中被详细阐述。

行为,行为引起对行为的识别,对行为的识别引起名色,名色引起六入(眼、耳、鼻、舌、身、意),六入引起各种反应,反应引起感受,感受引起爱,爱引起追求,追求引起存在,存在引起生,生引起老死。

因此,所有事物都因为某个因缘被触发后和合而成,生生变化、永不停息(诸行无常),因而也没有一个实在的事物主体(诸法无我)。悉达多认为这些就是最重要的真理,只要充分认识到这一点,就灭除了上述链条中最初的那个起因(消除无明),人们也就摆脱了最终的老死(涅槃寂静)。

这和我们在格竹的时候所认识到的道理有异曲同工之妙,在竹子→扫帚→锅灰→竹子的变化过程中,虽然表面上,同样的物质在不同条件的促成下依次发生变化,在我们眼中产生一件件新的事物。但在微观的角度,只是同样的那些物质形成了不同的结构组合。就像我案头的那摞书,不管搬到左案头还是右案头,哪本书被抽出来看完了又随手摞在最上方,世界并没有被改变,终究只有"一摞书"在我案头。同理,同样的食物被一头猪仔或一个幼儿吃下去,长成一头猪或一个人,他们身上的物质几乎完全相同,只是组合方式不一样。

悉达多的说法精妙绝伦,"扫帚们"必定心悦诚服,当"人们需要洒扫庭院""竹子长成""篾匠被请到家里",这些因缘和合到一处,扫帚随之而生;而当"扫帚被用坏""厨房需要烧柴"等因缘聚合,它也就承受着柴刀的斩落随缘而灭,同时为锅灰创造了诞生的因缘。

可惜悉达多和他的弟子们未曾将这套理论广泛应用到生活中去,比如将水施以电的缘法可得到氢气和氧气,而将氢气在氧气中与火的因缘和合,便可得到水。

后者的过程：

$$2H_2 + O_2 \Longrightarrow 2H_2O$$

可以写为：

两对极微之氢＋一对极微之氧 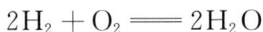 两个极微之水

真理自然存在，不介意人们用任何方式去认知和应用它。如果佛法像上面这样发展，那么今天我们计算力的大小时不会使用牛顿这个单位，而会用夏尔马或辛格，空调的功率不是瓦特，而应该是甘地或者库马尔。

往事不可追，我们只能活在当下。当下的我们在格竹之余，若仔细观察这些物质变化的过程，就能够发现里面蕴含的两个重要的基本规律。物质结合的时候不会乱来，而总是形成某些特殊的结构，比如竹子在阳光下进行光合作用所产生的氧气，总是由两个氧原子组成一个分子，而不是五个或者七个。而竹笋在春雨中生长，也总是遵守基因的设计发育出一株竹子，不会长成一个美女。

也就是说，物质的组合有着基本的规律，不像意识那样可以随心所欲，在我的意识世界里，竹笋可以毫无难度地长成任何物体。在另一个流传甚广的意识想象里，一条白色的蛇不但变成一个叫白素贞的大美女，和一个叫许仙的男子谈了一场轰轰烈烈的恋爱，居然还生了一个儿子。

由于我们把特定的物质组合方式称为组方，物质世界里这个基本的规律可以命名为"组方律"。首先，组方律是最基本的规律，物质的组合一定按照组方律进行。其次，符合组方规律的变化也不一定会发生，因为变化的发生总有一些条件，只有当所有条件被满足，变化才会发生。比如二氧化碳和水可以被合成

有机物,但前提是有阳光的照耀,同时它们又刚好在叶绿体内相逢。这一规律可以称为因果律,条件被满足造就一个因,所带来的变化形成一个果。最后,物质在某一时刻的存在状态总是其前面所有的因所造成的果,也是其发生下一步变化的因,前果为后因,一步步变化下去。

那么,世界是否就这么永远地变化下去呢?答案是否定的。因为物质的变化虽然杂乱,却并非没有方向。从整体上说,物质总是变得更加杂乱,而不是更整齐,这一规律被称为"熵增律"。熵是热力学的概念,描述一个系统的无序程度,系统越杂乱,其熵值就越高。熵增的意思就是说一个孤立的系统的熵总是变得越来越大,这意味着,如果一个系统不与外界交换物质和能量,就会变得越来越杂乱无序①。

熵增律从整体角度揭示了物质变化总的方向,现实中也是如此,破坏总是比建设更容易,一个房间在那里,总是变得更脏乱,而绝无可能变得越来越整洁,除非我们花力气去收拾打扫。而花力气就意味着我们的身体消耗了能量,那么,由房间、我们的身体和为我们的身体提供能量的能源组成的系统,总体的熵值还是增加了。

至此我们了解了物质存在的几个基本规律(见图6),首先,物质遵循组方律组合成特定的结构存在,根据因果律变化,变化的总方向指向熵增,也就是变得更无序。物质世界似乎有一个主宰,设计了这些基本的规律,茫茫宇宙中所有物质都要遵守这

---

① 熵增的概念最早由德国物理学家克劳修斯提出。克劳修斯在 1854 年提出了熵(entropie)的概念,用以度量一个系统"内在的混乱程度"。后来,路德维希·玻尔兹曼等多位物理学家共同发展和完善了熵增原理。

些规律存在并变化着。我们难以去质疑这些规律,比如为什么一个氧原子和两个氢原子就组成了水分子这个固定又稳定的结构,为什么光速不变而质量又可以扭曲空间。就像二饼不能理解为什么不能和二条碰,而麻将牌显然被设计成了这么一种趣味无穷的玩法,和宇宙一样蕴藏着有序和无序的奥秘,才让人们欲罢不能。

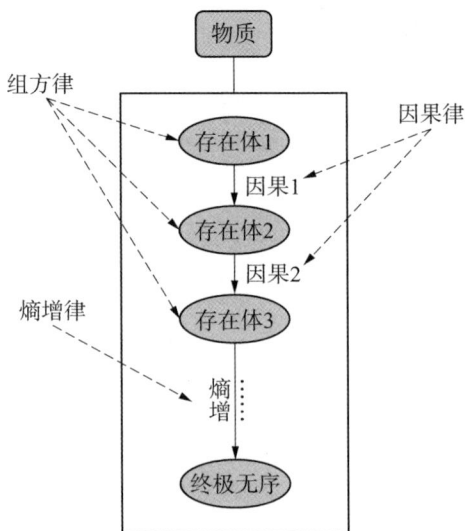

图 6　物质变化的三大规律

也不是没有例外,比如竹子,它们利用无比强大的竹鞭在山坡上开疆拓土,可以在几年内让整个山头长满竹子。在竹子生长和繁殖的过程中,我们知道它们吸收了来自太阳的能量,把竹子牵涉的物质和释放能量的太阳物质看作一个整体,它们必然不违背熵增规律。也就是说,竹子虽然熵减了,但太阳熵增得更多,因此如果把它们放到一起,总体上还是熵增的。

但如果我们忘掉亿万年内每天都划过天空的太阳公公，仅仅看着眼前的这一片小竹林，就会惊奇地发现，竹子有一种神奇的能力，在太阳的照耀下，顽强地存在着，并不断把杂乱无章的二氧化碳、泥土和水分变成一株又一株结构鲜明、井然有序的竹子。

可见，竹子这样的存在体和石块或水那样的存在体有着本质的区别。虽然它们的存在不违背任何规律，但只要阳光照耀着它，它就能维持自身结构继续存在，并且复制出一个又一个和自己雷同的后代来，让自己这样的物质结构在自身寿命终结后仍然继续存在，并按同样的方式永远存在下去。

太阳不但照在地球上，也照耀着金星、木星、水星、火星、土星及其他行星，但这些同样被慷慨恩赐的能量，不一定同样造就像竹子这样的结构和行为，比如在金星上，就只是让风暴来得更猛烈了些①。

地球上像竹子这样的存在体很多，有和竹子一样属于植物的树木和草，还有属于动物的猎豹、狮子以及属于微生物的酵母菌和病毒等。它们都有着某种特殊的结构，其功能的发挥维持了自身的持续存在，和石头或水这样的存在体有着本质的差异。

为了区分这种差异，不妨把这些追求自身结构持续存在的存在体，称为"求存体"，相应的，其组方可称为"求存组方"。

求存组方是一种特殊的物质组成方式，需要特定的物质来构成，同时，求存这个逆无序化的过程需要消耗能量，因此求存

---

① 在 20 世纪 70 年代和 80 年代，欧洲和美国航天局的先驱者号、金星快车等探测器开始对金星进行观测，这些探测器传回了关于金星大气和气候的重要数据，通过对这些数据的研究，科学家们发现在金星上存在着独特且壮观的风暴。

体们必须取得足够的物质、能量和其他一些必需的条件，比如优良的地盘，便于取得物质和能源、保护自己免受自然打击或敌害侵袭。

这些求存必需事物可以统称为"资源"，求存的过程就像逆水行舟，求存体总要尽量使自身的持续存在有更多的保障，一旦环境恶化、竞争激烈或生存遭受其他严重威胁，则必然是那些拥有更多的资源、利用资源的效率更高或者躲避毁灭打击的能力更强的求存体更能存活下来。所有这些"更如何如何的求存体才更能存在"的条件汇集到一起，可以归结为"更能存在的求存体才更能存在"，这就是求存的规律，不妨称为"求存律"。

求存律（见图 7）是三大规律外求存体特有的基本规律。物质不组成求存体，则总是根据组方律组成物体，在符合因果律的条件被满足时发生变化，变化的方向符合熵增规律指向无序化。

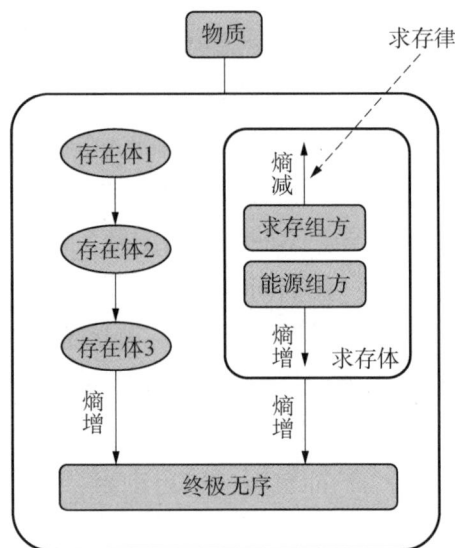

图 7　求存律

若无序化不被看作一个目标,那么这些物质的存在就没有目标。也就是说,在没有求存体的世界里,不存在任何目标。

一旦物质组成求存体,则其行为在遵守上述规律外,还必须遵守求存律,去努力建立求存优势,这样在环境恶化时才能存活下来,或在和其他求存体的竞争中胜出,不断接近"持续存在"的目标。

因为求存体拥有目标,对任何一个求存体来说,所有外界的变化和自身的行为都会或多或少地增加或减少它的求存优势,使其更接近或更远离目标。量化这一影响,就形成了"利益"。一个求存体通过某一事物增加了求存优势,即得到利益,则优势越大,利益越大,反之则失去利益,也就是减少了求存优势或增加了劣势。求存体努力获得更多的利益,才是符合求存律的行为,才能够在环境的恶化和求存的竞争中胜出,继续存在。

由此展开联想,可察见求存体的利益主要有以下几种。一是求存所必需的资源,如物质、能量或更优质的环境。这肯定是最直接的利益。比如对竹子来说,获得阳光、泥土和水分。

二是求存体的结构和功能。这决定了其求存的方式。在某一环境中更具优势的结构和功能,对求存体来说,代表着巨大的利益。比如,熊猫进化出吃竹叶的肠胃,这种独一无二的结构和功能避免了和其他物种夺食的竞争,在竹林中获得了额外的生存空间。飞鸟的翅、猎豹的腿以及人类的工具,都拓展了自己的能力,带来了巨大的利益。

求存体取得利益的能力可以统称为"求存力",求存力不是某种确切的力,而是武力、速度和能量利用效率等能力的统称。对求存体来说,求存等同于一个利用求存力不断取得利益的过程。能够使用求存力取得尽可能多的利益的求存体更能存在。

通常求存体为了求存成功,总要在某种求存力上建立优势,比如羚羊和猎豹速度惊人,狮子和牛的武力强大,人类以智力取胜,而细菌和病毒将自己的结构精简到最低,只需要少量资源就可以大量繁殖。

一个求存体所能占据的资源有限,其结构和功能也就相应有限,专注于提高一种或少数几种功能,生产一种或少数几种产品,相对于提高多个功能或生产多个产品来说,效率总是更高,也就是说,"专业"的做法总是能够获得更高超的功能,或生产出更多更好的产品。这意味着,多个求存体展开分工,各自专注于提供一种功能或生产一种产品,彼此交换,大家在消耗等量求存力的前提下,能够取得比单干更多的利益,对所有参与者都有利。求存体间的这种行为可称为"分工合作",通过分工合作能够创造大于单干的利益,这种分工对比单干的优势,可称为"分工优势"。

求存体不一定选择展开分工来取得求存优势,比如猎豹和乌龟就一直朝着提高速度和增加防御的方向努力,而酵母菌向来独来独往。但由于分工优势的存在,求存体之间如果展开合作就能够获得更多的利益,所以不乏求存体去采取这种求存策略。当合作的求存体们朝着合作的方向不断深入,分工的精度越来越细,所取得的分工优势也就越来越多。但这么一来,求存体个体所承担的功能同样越来越单一,直到它们再也无法单独求存,而必须依靠所有分工伙伴构成的整体,这个时候,这些不可分开的求存体们就构成了一个新的个体,即一个高一级的求存体。

可见,某一层级的求存体们要形成高一级的求存体,总要满足几个条件。首先,这些合作的求存体之间必须有共同的求存利益,也就是说,它们的合作能够给各合作方都带来求存利益。没有共同利益的求存体们展开合作,无法有利于各自的存在,白白浪费了力气,反而不利于存在。

其次,合作必须能够创造足够多的利益并被足够合理地分配给各合作方,这意味着合作的求存体们必须有足够专业的分工功能和组织能力,以及足够强大的信息传递和资源输送能力。

最后,参与分工的求存体们要"相互依存",不可分割。不互相依存的求存体们所组成的只是求存体群体,而非高一级的求存体。只有求存体们"相互依存",形成"一个"不可分割的整体,才可以说它们组成了高一级的求存体。

那些组成了高级求存体的低级求存体们参与分工,把求存力优先提供给高级求存体,通过分工合作创造更多的成果,然后得到应得的分配利益。理论上,由于分工优势的存在,低级求存体们得到的利益一般大于单干。如果高级求存体由于分工结构不合理或者被破坏,不能够创造足够多的利益,又或者创造出的利益虽然足够多,但没有被合理分配,导致参与高级求存体的某些低级求存体们没有得到应得的利益,那么对后者来说,"参与高级求存体"得到的利益小于"脱离高级求存体单干"或者"加入别的求存体"能够取得的利益,它们就倾向于脱离高级求存体。

当越来越多组成高级求存体的低级求存体们这么做时,高级求存体事实上得到的求存合力越来越小,迟早会自行崩溃,或在与其他求存体的竞争中失败。因此,对高级求存体的存在来说,组织合理的分工和分配,借此保障各功能单元的共同利益至关重要。只有当高级求存体能够为低级的求存体个体们创造大于其单干的利益,它的做法才符合求存律,才能得到低级求存体们的支持,让它们主动将求存力用于维护高级求存体的存在;否则低级求存体倾向于将求存力用于维护自己的存在,追求属于自己的利益。这样一来,对高级求存体来说,一方面分工被瓦解,创造的利益越来越少,同时那一个个服务于自我、又获得更多利益的低级求存体,对其他还老老实实参与分工的求存体,构成巨大的诱惑,使高级求存体进一步解体。甚至,当脱离的低级求存体重新组合成另一个高级求存体时,那它对原来的高级求存体来说,就变成了可怕的竞争对手。

我们所知的宇宙里,大部分物质都只构成存在体,只有地球的生态圈里有着孜孜求存的求存体。没有求存体的世界也不乏各种精彩和瑰丽,比如木星上的大红斑的奇诡和太阳的炽热奔放。但求存体参与的世界是独特的,不管是荷塘蛙鸣、孤鸿落日还是人群熙攘,都因为无数生灵的存在而生机勃勃,又或者通过某种被感知的美感而让人心旷神怡。

还有人世间的红尘烟火,以及人性的贵贱优缺,都由不同求存体们的求存行为汇聚交织而成,我们只有正确认识了求存体,才能打破纷扰,正确认知繁杂表象下,那单纯的本质。

第三章　生命,努力生存和繁殖

　　格竹的过程曾给我们带来了很多快乐和收获,我们把一株竹子逐步格分开来,认识到了存在体的结构。比如,竹子由竹鞭、竹枝和竹叶等组成,而后三者又分别由相应的细胞组成。随后我们又把竹子这样追求存在的存在体称为求存体,在适宜生存的环境中,它们吸收营养并利用阳光里的能量,持续存在,并且不断自我复制。

　　在我们身边,像竹子这样的求存体还很多,通常我们将它们称为"生命体"或者"生物"①。生命体种类众多,形态各异,既有酵母菌、病毒那样肉眼不可见的微生物,也包括敏捷的猎豹乃至体形硕大的蓝鲸这样的动物,它们独特的身体所蕴含的物质结构各自描述了自身的生命体组方。

　　但不管什么形态的生命体,都由其细胞核内的染色体(DNA)所蕴含的基因信息,通过编译蛋白质制造而成。一个典型的生命体,比如一只猎豹,由上一代的 DNA 展开复制,复制的DNA 指导蛋白质的合成,先产生一只小猎豹,然后小猎豹长大

---

① 生命是一个复杂且多维度的概念,涵盖了生物学、哲学、宗教等多个领域的内容,并随着科学的发展而不断更新。

变成大猎豹，后者的 DNA 又一次展开复制，这样代代相传，使本物种不断延续下去。

也就是说，猎豹或者不管什么样千奇百怪的生命体，它们独特的生命体组方既实存于其独特的躯体结构里，又通过 DNA 的编码，虚存于其体内每个细胞深处细胞核内的 DNA 中。

当生命体的物质结构发挥其相应的功能，进行觅食、消化吸收、逃避敌害等生命活动时，它就在一定时间范围内维持了自身的持续存在，这些生命体特有的生命活动可统称为"生存"行为。当生命体将其 DNA 自我复制并形成新的个体时，就完成了生命体专属的"繁殖"行为。

对生命体来说，生存和繁殖意义重大。生存确保了一组生命组方在一定时间范围内的存在，如果一个生命体死亡，它的生命组方也在熵增的环境中迅速解体，无法再继续存在。繁殖则为求存组方保存了足够多的备份，不但让其在不同空间上分布，以在某处环境条件转为恶劣时仍有备份在他处存活下来，还通过一代又一代的传承，使其有机会在时间上无限存在下去。

另外，生命体的繁殖通过 DNA 的自我复制实现，这一过程虽然高度精准，但仍然有微小的出错概率。因此，在原始生命体自我复制的过程中，偶尔会出现一些错误，于是新的复制出来的基因，和被复制的基因有着微小的区别。相应的，根据新的基因所制造出来的蛋白质，也有着相应的不同。不同的蛋白质，其形状和功能不一样，这导致物种下一代的肢体结构和能力略微区别于上一代。这些区别之中，有的使生命体的后代更适应环境，有的则相反。于是更适应环境的后代就带着变化的基因生存下来，并通过繁殖扩散出去；而反之的则容易消亡，这就是生命体的变异、自然选择和演化的过程。

生命体经历约 40 亿年的生存和演化，最终形成了我们多姿多彩的世界，包括我眼前的这一片竹林。有趣的是，一片竹林表面上由一株株独立的竹子组成，实际上，每一株竹子都通过竹鞭彼此相连。竹鞭在土壤里四处生长，积蓄着能量和养分，在合适的时间和地点，突然向上拱出一颗竹笋，在春雨里拔节，迅速长成一株新的竹子。被竹鞭连在一起的竹子，其间的界限难以划分，这意味着我们或许可以把一片竹林看成一个生命体，俗话里也有"独竹成林"的说法。试想，如果把所有后生长出来的竹子都看作第一根竹鞭身上长出来的机体，那么竹林不就是"一个"不断生长的生命体吗？

但如果把两株竹竿之间的竹鞭从中间截断，然后把每一根竹竿和与其相连的竹叶和竹鞭放到一起，也就是把所谓的"一株竹子"，看作一个独立存在、不可分割的整体，似乎也无不可。这样一来，竹林又可以看作一个个竹子个体组成的群体。

若把竹鞭、竹竿和竹叶看作一个个功能单元，那么由它们构成的一株竹子显然是一个不可分割的整体，不管是竹鞭、竹竿和竹叶，都不可缺少。而竹林虽然是一个整体，却并非不可分割，竹子之间也没有相互依存的关系，因此，应该把竹林看作一个由多个个体组成的群体而非单个个体。只不过，同一片竹林的那一株株竹子，都有着共同的遗传信息（生命体组方），因此，从生命体求存的角度看，它们是等价的。

生命体存在的意义在于追求其组方的存在，同时生命体的组方储存于其 DNA 中，DNA 相同的生命体是等价的。因此，同一个祖先的后代可以看作其祖先的复制，它们虽然"数量众多"，却是同一个组方的实存形式。当然，在变异和演化的过程中，代代相传的 DNA 慢慢会变得不同，当某些差异在某个环境中更具优势时,就会固定并延续下来,而当差异大到一定程度时,就又会产生一个新的物种,或者说,产生一个新的生命体组方。

最初的生命体是分子层面上的求存体,其功能由各种大分子提供,这种求存体所演化出的最高形式是细胞。细胞含有组成自身结构的所有信息,包含了所有提供功能的细胞器,并通过细胞膜把自身和环境分隔开来。这样,一个细胞构成了一个拥有生存和繁殖功能的,不可分割的生命个体,通常被称为"单细胞生物"。

单细胞生命体由分子级别的细胞器来提供功能,其复杂程度有限,细胞内的资源传输只能通过分子扩散实现,这限制了单细胞生命体的大小,因为分子扩散的速度不快、目标不精准,而且需要有水这样的介质。

单细胞生命体在地球上生存繁殖进化了 30 多亿年后,大约从 10 亿年前开始,一些细胞经历了某种变异,在自我复制后并不彼此脱离,而是贴合在一起,形成一个细胞群体。随着 DNA 的不断变异,群体中不同细胞的形态和功能慢慢地产生了差别,并进一步形成了分工,等到分工发展到细胞们彼此依存的程度,就产生了多细胞生命体①。

多细胞生命体可以理解为细胞层面上的求存体,不同于单细胞生命体的细胞器,多细胞生命体的求存功能由各种分化的细胞承担。比起细胞器来,细胞的构造复杂得多,功能强大得多,如肌肉细胞组合成的肌肉和富含血红细胞的血液,可以提供非常强大而专业的机械力和输送氧气的能力。此外,细胞们可

---

① 德国生物学家 E. 赫克尔于 1874 年首次提出了关于多细胞生物起源的群体学说,梅契尼柯夫和海曼等生物学家对其进行了发展和完善。

以构成专门的管道系统来运输资源和垃圾，如血管和淋巴管，这使得多细胞生命体有着强大的资源分配能力，可以拥有巨大的身躯，支撑起更大规模和足够复杂的求存功能。基于分工带来的好处，展开有效的分工总是一种符合求存律的做法。事实上，得益于细胞分工所带来的能力增强和效率提升，多细胞生命体出现后，迅速进化出数量庞大的多细胞物种，呈现出多种多样的躯体结构和求存方式，以适应地球上各种极端环境。

　　比如我们"格"过的竹子。当"一株"竹子沐浴在阳光中的时候，其身上亿万个各种各样的细胞也一样存在着，一样在求存。所以，一株竹子同时也是一个由众多细胞组合而成的群体，只是这些细胞的功能已经高度分化，无法在自然界中独自生存，而必须互相依存在一起，以整体的方式存在。但从单个细胞的层面看，它们在很大程度上仍然是独立的个体，只是不明就里地生存在一个资源充足的环境中，莫名其妙地对外提供一些对自身求存不太相关的功能。不仅仅是细胞，多细胞生命体也会因分工而相互依存，比如蚂蚁，一个蚁群中的绝大部分成员都是一个蚁后的后代，因此整个群体之间天生就有共同的存在利益，也就拥有了分工合作的前提。同一个蚁群的蚂蚁在同一套 DNA 的控制下，制造出不同的个体，如蚁后、工蚁和兵蚁，分别承担不同的工作，一起合作来保障蚁群的生存。单个的蚂蚁非常弱小，但一个蚁群的蚂蚁们通力合作，却能够很好地完成生存和繁殖。蚂蚁不管从数量还是占据的领地来说，都是一个成功的物种。蚁群的分工非常彻底，以至于一个蚁群的每只蚂蚁都在为整体而劳动，使整个蚁群展现出强大的求存力。蚂蚁们彼此之间相互依存，单独的一只蚁后、工蚁或者兵蚁，绝无可能在自然界持续生存。

可以说，蚁群在蚂蚁个体的基础上，形成了一个高一级的求存体。蚂蚁之于蚁群和细胞之于多细胞生命体有着很多相似之处。比如，整个蚁群由一套基因组控制，所有成员之间都有直接的血缘联系，蚁群的求存目的服务于其个体生命体组方的求存目的。但为了和生命体有所区别，我们可以把蚁群这样由有血缘关系的生命体通过分工合作形成的求存体称为"家庭"。

细胞、多细胞生物和家庭是生命组方所控制的三种求存体，处在向上叠加的三个求存体层级中，共同承载着生命体求存的使命。三者虽然大小迥异，但其组方都来自一套DNA，并在其控制下通过繁殖行为制造出特殊结构的"身体"来。这些特殊结构的"身体"有着相应特殊的功能，汇集出这些求存体特有的求存力，可统称为"本能"。

细胞的"本能"由细胞器的功能汇集而成，在某个环境中利用资源实现自我复制。比如酵母菌能够在厌氧环境中通过将糖分解成酒精和二氧化碳获得能量，大肠杆菌寄生于肠道中，以食物残渣为食。更复杂一点的细胞生命体还有移动和攻击的能力，如鞭毛虫能够利用鞭毛游动到更有利的环境中，而细菌和病毒能够强势地攻击宿主，它们在人类历史上制造的大瘟疫一次甚至能带走千万人的性命。

同样地，多细胞生命体也追求生存和繁殖，只是它们的求存力由细胞的功能汇集而成，因而求存行为比单个的细胞要复杂得多。比如屎壳郎到处寻找动物粪便，找到后把粪球推滚回家，然后在粪球堆里产卵，好让孩子们孵出来就有足够的食物吃。这种复杂的行为远非细胞所能相比，事实上我们也很难想象这样复杂的本能怎么通过染色体上核苷酸链的排列顺序进行传递，现实是我们看到屎壳郎们并不学习，却总能找到属于自己的那坨屎,千辛万苦地滚回家,最后完成了生儿育女的艰巨任务。

即使在以独立的多细胞生命体为单位的家庭求存体中,"本能"也发挥着决定性的作用。比如蚂蚁和蜜蜂们虽然小得微不足道,却能够通过天赋的本能进行异常复杂的建筑、培育和防御工作,蜜蜂在觅食过程中的侦查、定位和告知能力更是让人叹为观止。

原始的人类家庭成员也展开过类似的合作,男人们远出狩猎,女人们在家园附近采集,也因血缘联系而有着紧密的向心力。古往今来,除了利益冲突等少数极端情况,亲情是最被歌颂的情感之一。家人在大多数情况下是个人的坚固后盾。在家庭之上,本能仍然发挥作用。所谓"兄弟阋于墙,外御其侮",同一村庄,同一地区,乃至同一民族、国家的人在外人面前,因为或多或少的血缘或其他联系,总是本能地感到亲近,平时哪怕处在竞争状态,只要与外人发生冲突,总能轻易地团结起来,共同对付敌人。

第四章　意识，构建另一个世界和另一个自我

　　从生命体的角度看，人和蚂蚁并没有本质的不同，在生物进化树上往回追溯足够长的年月，甚至可能来自共同的祖先。现实中，它们都由一套生命体组方（基因组）控制，生命体组方利用其制造的生物个体发挥特有的功能，在地球环境中求存。

　　人和蚂蚁的习性也有很多相似之处，比如两者都组成家庭，家庭成员之间展开分工，分别担任进攻、防御、觅取资源和生养后代的任务，分享整个家庭得到的资源，并供养后代直到成年。这些由同一套生命组方控制的后代们，根据未来要承担的任务，发育出不同的身体。比如兵蚁长有强有力的上颚，男人肌肉健壮，蚁后产卵能力发达，而女人则拥有可以孕育生命的子宫。

　　但在生命体之外，人类还是有所不同。比如人类的一些重要工种——农夫和士兵——并不像工蚁和兵蚁那样，由基因组控制在身体上长出锄头或长枪，生来就会耕种或枪法。虽然士兵通常更强壮一些，但他们和农夫的根本区别更多的体现在彼此拥有的知识和所掌握的技术以及所使用的工具上。知识、技术和工具并不由生命组方决定，而由大脑中的意识世界里的意识组方决定。

意识世界比起物质世界来要奇妙得多，意识能够突破物质世界的限制，想象出各种现实中没有的组方来。比如《山海经》里有一种叫穷奇的异兽，有着老虎的身体和一双翅膀，喜欢吃人（见图 8）。这样的组合型生物各种神话里都有，像古希腊神话里也有一种半人半马的圣兽，上半身是人的身体，包括头，躯干和手，腰部以下则是马的身躯和四条腿。

图 8　飞虎穷奇的想象图

现实中有没有这样的生命体呢？不好下定论，但从生命体的进化来看，专注于提高一种或少数几种相得益彰的功能，效率总是更高。比如老鹰能够飞翔，于是进化出有力的翅膀，同时减轻体重和增加身体的流线型，以提升飞行的优势；而老虎通过伏击制服猎物，则需要强壮有力的骨骼肌肉、便于隐蔽的毛色和利于暴起扑击的体型。

由此可见，穷奇这样会飞的生物，一方面要使体型变得纤长轻巧来提升飞翔的优势，另一方面又因为要发挥老虎的搏斗能力而需要粗壮的肢体，这两种能力对体型的要求本身是矛盾的。

保有这两种能力的生命体，它必然为了便于飞翔而不那么粗壮，同时为了搏斗而不那么纤细。但是这么一来，它在飞行上不如老鹰迅疾，而在搏斗上不如老虎威猛，难以在求存竞争中胜出，不易在物质世界中生存。

　　但虚存在我们脑袋瓜子里的世界不需要遵守任何规律，意识的组合和变化无拘无束，比穷奇或半人半马更奇异的组方也可以轻易存在，比如龙，这种被人们想象出来的神兽分别有着鹿角、驼头、兔眼、牛耳、蛇身、蜃腹、鱼鳞、鹰爪和金鱼尾等，号称"鳞虫之长"。这些不同动物身上令人印象深刻的部分在我们的意识世界里无缝拼接成的龙，甚至能够呼风唤雨，君临江海（见图9）。

图9　中国龙的想象图

　　我们何以要有这种离奇的想象？19世纪著名的进化论提出者查尔斯·达尔文（Charles Darwin）曾提出人和类人猿的共同祖先是森林古猿，今天我们的类人猿近亲如黑猩猩和大猩猩也仍然健在，我们随时可以在动物园里看到它们。它们有着不俗的智力——比起别的物种来，但和人类的能力实在相差甚远。这样的差距是怎么产生的呢？我们和它们的共同祖先中的一支,为了应对怎样的环境变化,才演化出了我们今天拥有的超凡的想象能力?

根据科学家的研究,大约在 3 000 万年前,非洲大陆因为板块的运动,在东非形成了巨大的断裂带,即东非大裂谷。东非大裂谷割裂了原来茂密的森林,同时裂谷东部随着东非高原的隆起,形成了热带草原气候,原来的森林转变为空旷的稀树草原①。

原来生活在大裂谷以东的森林古猿被大裂谷阻挡,不得不从树栖生活转为在草原上谋生,这对它们的生存形成了巨大的威胁。因为它们一直生活在树木茂密、食物种类繁多的森林环境中,一直朝着与之相适应的方向进化,有着利于攀援的四肢和发达的视觉等。但是,这些能力并不适合用来应付草原上的生活,草原上的危险比森林里更多,食物的种类和获取方式也和森林里完全不同。能在草原上生存下来的物种无不有着独门绝技,比如速度惊人的猎豹和羚羊,强壮又配备搏斗利器的狮子和野牛,长于奔袭且精通配合的野狗和鬣狗等。

好在古猿祖先们有着擅于攀援的四肢,这本来带来的是在森林中来去自如的移动能力,在草原上虽然因为没有大片交织的枝杈而用处大减,但却因为有着抓握的能力而有了使用工具的可能,比如在搏斗的时候顺手拿起石块或尖锐的树枝向对手砸去,便有了可观的武力。

自然界多的是形态各异,各具功能的物体,比如锋利的石

---

① 伦敦大学学院的地理系教授马克最早提出了脉冲式气候变异性假说,将东非大裂谷中的气候变化现象与人类进化的证据联系起来。此外,也有其他科学家如宾州大学和罗格斯大学的研究人员发现了东非环境剧变与人类进化的关系。他们认为,早在 200 万年前,东非环境的一系列剧变,如大面积的林地在短期内突变成空旷的草原,推动了人类的进化。

片、细长坚韧的毛发、弹性十足的树枝等。仅仅石块，不但种类繁杂，性质各异，也多的是圆球、窄片和尖利的形态，稍加抛砸或打磨，性能更佳。但不管是取用自然界里原来就有的物体，还是对其进行加工，都需要对这些物体的特性和这些性质的功能有着充分的理解，并对使用的结果做出精准的预测。

幸运的是，那些古猿们做到了这些，我们不可能去见证这个过程，也许一开始是一只古猿在面临狮子或豹子的进攻时随手拿起石块砸向对手，却意外地击毙了它。然后这只惊魂未定的古猿抓起石块，回想刚才发生的一幕，忽然之间理解了挥砸的石块所能产生的巨大威力，于是从此就随身带着这块石头。这些古猿们通过同样的历练又逐渐掌握了投矛、弓箭和锄头，变成了我们的祖先。

这种基于意识的观察、认知和预测带来了一种新的能力，我们姑且把它称为"思考的能力"，或者"理性"。理性不同于生命体的本能，本能是一种预设的求存力，在人诞生之前就已经在受精卵深处完成了设定。而理性可以根据从外界所接收的信息进行各种推演，适应各种变化。理性能力的大小取决于其对物质变化规律的认知，认知程度越深，可转化的力量就越大。理性和本能的传递方式也不一样，后者通过繁殖过程中 DNA 编码信息的复制来传递，而理性的能力可以借助"语言""图像"和"文字"等信息媒介，通过"教育"和"学习"的方式轻松地在人和人之间来回复制。

人们认知世界的方式是，首先通过感官观察到物质世界的现象，然后利用理性去理解这些现象，总结出其背后的本质和规律，最后利用这些本质和规律进行外延的想象，将其应用于新的事物。那些人们总结出来的本质和规律，慢慢地汇集起来，形成意识世界中一小块可靠的认知,即所谓的"经验"。比如投出的石块和投矛可以杀死猎物,火能够驱赶猛兽和取暖等。

这些经验带来巨大的求存力提升,相应地,掌握更多的规律能够带来更大的求存力。于是,不断深入思考也就成为符合求存律的做法。那些在谋生的同时愿意去多展开一点点思考,从而慢慢掌握了更多物质世界规律的人们,总是能够更好地生存下来。因而那些可靠的经验,也随着口口相传或文字记载而在持续繁衍的人群中,不断地变得越来越多。

同时,在已知的小小范围之外,总还存在着庞大的未知世界。未知总是带来恐惧,就像黑暗中潜伏的天敌。随着理性让人们认知到越来越多的事物,人们对物质世界的复杂度也有了越来越深入的了解,相应地,无知带来的恐惧和忧虑也就越来越大。因此,人们渴望理解未知的那部分物质世界,建立一套可靠的规律来让世界的运行有据可循,以消除恐惧,同时为进一步的探索提供指引。

这时候,外延的想象就派上了用场。人们从已知的事物展开想象,比如以火炙烤物体就能令其发热,那么夏天炎热,想必也是因为遭受到火焰的炙烤。世间如此广阔,能够令其发热,其所用火量必定惊人,非人力能做到。所以,想必有一个超出常人能力的存在体,在夏天降临,释放出庞大无匹的火焰,将整个世界炙烤变热。春夏秋冬、风雨雷电,想必都是这样的超能存在体们释放超能力的结果,这些超能存在体被人们称为"神祇"。比如这位火量惊人的,就被称为"火神"或"夏神",东方的人们还贴心地给这位神仙取了个名字,叫"祝融"。而那些描述神和神的行为的故事,即所谓的"神话"。

这种外延的想象得到的结果,可称为"假说"。出于其外延发散的特性,几乎可以任意发挥。因而不同地区的人们想象出的神话有着各自的特色,比如中国人认为至高无上的主宰是玉皇大帝,他带领着一帮神仙住在漂浮于天空的天庭之中,平时坐在灵霄宝殿办公;北欧人的想象也差不多如此,他们给他们的神仙居住的世界取名"阿斯加德",不过里面住的是大神奥丁和他的孩子们。大儿子索尔掌控着雷电,在东方负责这项工作的却是雷震子。不过也有共同之处,他们工作的时候都使用锤子,这大概是两地的人们对"锤子能砸出火星并发出巨响"这一规律共同的外延想象吧!

神话是一种简单实用的想象,它在漫长的岁月里不断被才华横溢的思考者们补充和完善。古时人们关于物质世界的有效认知(经验)非常少,但神话补充了剩余的空白,使得人们的意识世界完整且充实。比如,风雨雷电被想象为神仙们有规律的活动,这不但使得这些人力无法抗衡的现象有了一个合理的缘由,而且充满了天与地的联系以及神与人的互动。如果不是这样,那么自然界这些可怖的现象,该给人们带来多少惶恐和不安。

直至今日,仍然有无数的人坚信自己生活在神话的世界里。这自然是人们的自由,不过在远古的时候,就有一些思考的人们提出了进一步的观点。比如古希腊的赫拉克利特,他不但观察到夏天很热,还细心地发现了很多热的现象和规律。比如在寒冷的时候人必须穿衣服保持身体温热,否则就会死亡。水必须被加热到一定的热度才能流动,否则就会结成冰,等等。既然热度如此重要,加热物体的火自然也是重中之重,所以,他提出一个观点:万物源于火,没有火的世界寒冷孤寂,万物也就无法顺利产生和运转了。

如赫拉克利特一样的人提出的假说被后世称为"哲学"。比如泰勒斯认为万物源于水，而在毕达哥拉斯那里世界的本源是"数"，王阳明格竹失败后提出了"心即理"，悉达多则认为万物变化源自"因缘和合"。

总体上，哲学家们总有着宏大的愿望，希望通过尽可能少的假说，去解释尽可能多的世界。他们并非不信神话，只是相对于实实在在的生活而言，神仙们多少显得有些高高在上，而在神话的虚无缥缈之外，也有大量的空间可以去揭示更多的规律。比如水和火虽然都由神明掌控，但在现实中的变化仍然有律可循，就像水总是在冷到一定温度时变成冰，又在热到一定温度时变成气。又如瘟疫由瘟神掌控，但是也总有个施放的章程，那么人们相应就有了可以避免瘟疫的方法。打个比方，如果瘟神只在人们对神仙不够虔诚的情况下降下瘟疫，那么当瘟疫发生的时候，人们需要做的就是对神明们再虔诚一点，献上更多的祭品。如果在祭祀或祈祷的时候，出于对神明的敬畏，也有着打扫卫生或洗净双手这样的仪式，自然也无形中为抵抗传染病带来一定的帮助。

在漫长的岁月里，人们靠着意识世界里的一点点经验和哲学，加上大量的神话，指导生活。但随着经验的增多，神话的解释力越来越捉襟见肘。特别是 14 世纪在欧洲暴发的黑死病，仅在英格兰就造成约一半人口的死亡，过于惨烈的灾难和在其面前的无助让人们渴望得到更多可靠的经验。于是哲学家中的一部分放弃了仅仅通过想象去理解世界，也不再奢求包容一切的理论，他们在思想上冲破了神话的束缚，在方法上主张通过实证的方式去追求可靠的经验。他们获得了巨大的成功，实证的方法使错误的假说迅速被摒弃，而正确的假说同样迅速变成了可靠的经验，成为后续研究的坚实基础。这些哲学家和其后来者变成了科学家,他们得到的毫厘成就慢慢积累成科学的高山,牢牢占据人们意识世界里从微观世界到宏大宇宙的广阔空间。

综上所述,人的意识世界由来自自我和他人的经验和假说构成,进一步可以分为神话、哲学和科学等。

所以,人们就生活在这样的两个世界里,一个是自然的物质世界,人们事实上生活在这个世界里。另一个是由经验和假说共同拼接而成的意识世界,根据来源和方法的不同,分为神话、哲学和科学等,人们以为自己生活在这个世界里(见图10)。

图 10 意识对事物认知的不同

有的人见多识广,他的意识世界中关于物质世界的可靠经验就多一些,有的人终生活动在很小的范围里,他的意识世界就需要大量的想象填充。如果人们愿意交流的话,意识世界可以轻易复制。比如大山里的少年从小在山岭之间长大,认得身边的山川河流和草木兽禽,也熟知本乡本土的生活方式(自己和他人的经验）。他想象山外是另外的山，那里的人们也同样渔猎采集（自我构建的假说）。天上地下，据老人们所说，有着各种神明，自己必须四时祭祀，才能获得庇佑（来自他人的神话）。一日他从挑货郎那里买到一张旧地图，又与其攀谈，得知山外有大城高楼，遥远的东方有海洋巨浪等（来自他人的经验），他的意识世界里就多了模糊的一大块。他万分向往，因为那是他的世界里原来不存在的，勾起了他无穷的好奇心。于是他跟着商人走出大山，亲眼看到那些神奇的事物，眼睛看到的信息让他的意识世界中那些模糊的部分清晰起来，变成了他自己的经验，于是他的意识世界被改变了，也有了新的愿望。他在城市里落下脚来，努力求学，学到了大量的技术知识（来自他人的科学），以及很多思考问题的方法和理解世界的方式（来自他人的哲学）。他变成了科研人员，不但提出并证明了很多新的理论，也对世界和人生有了独特的认知（自我构建的科学经验和哲学假说）。

但是人的认知能力毕竟有限，很长时间里，人们的意识世界中可靠的经验只是小小的一块，甚至认为大地是神龟驮负的巨石。即使现在我们了解了银河系的存在和我们在其中的位置，对于浩瀚的宇宙来说，我们所知的物质世界仍然不过是整个宇宙微不足道的一小部分。这也并不否定意识世界存在的意义，事实上，意识世界并不渺小，因为人的思维不受空间的限制，而能够无限扩张，在这个意义上，可以说每个人都在他的脑海里用虚存的组方搭建了一个宇宙，这个宇宙虽然和物质宇宙不尽相同，但却足够复杂，而且多姿多彩，充满了独特的创意和想象。

同时，和规律森严的物质世界不同，意识世界随时都可以改变，比如，一千多年之前，人们认为可燃物里含有一种叫燃素的物质，燃烧是可燃物中的燃素被释放出来，聚集在一起形成火焰的过程①。那时候的人们看到木头燃烧,脑海中就会浮现出"木头里的燃素在释放"的意识。但 1777 年法国化学家拉瓦锡(Antoine-Laurent de Lavoisier)发现燃烧需要氧气参与,而非燃素的释放,并通过实验有力地证明了这一点。他的脑海里第一次产生了新的关于燃烧的意识——燃烧是物质和氧气反应的过程。

这一缕新的意识,以强大的正确性和充分的可验证性,迅速在拉瓦锡的意识世界里取代了"燃素说"的位置,改变了他对燃烧现象的认知。1777 年底,拉瓦锡正式提出了关于燃烧的"氧化说",把他意识世界里的这一缕关于燃烧的意识复制出来,传递给大众。很快,所有人的意识世界都接受了它,后来,燃烧的氧化说还被写入教材,成为灌输给年轻意识体的可靠经验——常识。现在,所有上过中学的人都知道,通常意义上的燃烧是可燃物和氧气发生氧化反应的过程(见图 11)。

意识世界的"变异"就是这么简单而快速,在过去的几千年里,我们的意识世界发生了天翻地覆的变化,对物质世界的认知也有了巨大的提升。

遗憾的是,这个精彩世界的存在需要一个前提,那就是大脑。人的大脑是一个能耗巨大的器官,发育完全的大脑重量约 1.5 公斤,不到成人体重的三十分之一,但在它运转的时候,所消耗的能量高达人体消耗总能量的四分之一。这么巨大的消耗,如果不能换得同样巨大的求存力,供养给大脑的营养和能量就

---

① 703 年,施塔尔在《化学基础》一书中系统地阐述了燃素说。他认为一切可燃物都含有细小而活泼的燃素,在通常情况下燃素与其他元素结合形成化合物,在燃烧时,燃素就分解而游离出来,大量游离的燃素聚集在一起就形成明显的火焰。

图 11 关于燃烧的意识进化

成了浪费,不如供养其他器官,比如肌肉或免疫系统,或者繁殖更多的个体。也就是说,如果耗费越大的大脑不带来越多的求存力,拥有强大大脑的人——"聪明人"就会在求存竞争中败下阵来。所以,大脑的功能——"意识世界的构建和运行"(想象和思考),必须对大脑所属的生命体的求存行为产生指导意义,为其带来足量的利益,而不能任意发挥,胡思乱想。

好在对物质世界模拟得足够好的意识世界能够带来的好处足够大,这一点所有猎人、农夫和程序员都有充分的认识。比如,当一个猎人观察到野兽行走的路线,设下陷阱或兽夹,便可以轻松捕获强大的野兽。而农民们掌握了节气、雨水和植物生长的规律,伴随着四季的变化在田野里播种、除草、施肥、灌溉,就能够在收获的季节获得大量的食物。

自远古以来,所有生命体都在本能的控制下行动,以实现生命体的求存。但当猎人、农夫和程序员工作的时候,他们的身体换由他们的意识控制,他们的脏腑和四肢恐怕很难了解,在山隘之间的狭道上挖掘一个四壁竖直又巧妙遮盖的深坑有什么意义,又或者为什么要在春天到来的时候辛辛苦苦地在田地里撒下某种植物的种子。它们只是简单地把身体的控制权交给了大脑,然后就轻松地分享到了足够的营养。

它们不知道的是,大脑里面的理性在自己搭建的意识世界里,将陷阱与猎物、播种与收成联系在一起,认识到只要付出眼前的劳动,跨越一段时间,就将得到预测中的生存资源。在这个过程中,世界在被意识认知的规律中运行,虽然这些规律和现实中的规律有着巨大的不同。比如远古的人们认为风雨雷电由相应的神明施放,还坚信狩猎和务农的收获取决于人们对相应的神明是否足够虔诚,以及祭品是否足够多。但现实中的物质世界里并没有神明，意识世界中的这些规律对物质世界的模拟是不完全真实的。只不过，这些并不完全真实的认知，因为其对现实规律部分的吻合，仍然保证了可靠的收获，体现了理性的巨大力量。

远古的人们对自我的认知也是不完全的，他们像感受世界那样感受自己。虽然他们对血管、神经和心肝脾肺肾胃肠这些重要器官的功能半知半解，更加不知道人体实际上由细胞构成。但是，他们在水面上、镜子中、手的触摸下和他人的描述里，发现了自己的头颅、躯干和四肢。同时，全身都传递来各种灵敏的感受，四肢可以遵从内心的指挥，做出各种动作，基于这一点，他们把一整个可控的身体称作"自己"，或者"我"。

关于"我"的所有一切都是意识模拟的，因而和现实有着巨大的出入。事实上，"我"对身体的控制非常有限，除了体表负责运动的肌肉，身体内部的消化系统、血液循环系统、免疫系统和淋巴系统等，都不受意识控制，即使人们通过医学了解了这些系统的运行机理。在没有病痛的时候，"我"甚至感受不到肝肾胆胰这些重要器官的存在。更何况在肠道深处，还生活着数以万亿计和"我"没有任何血缘关系的细菌。

因此，意识认知的生活是对现实生活的简化模拟，比如获得生存所需的资源这件事，在现实的物质世界中，人们把食物放入口腔，然后这些食物被牙齿破碎，被舌头送入咽喉，经食道进入胃肠，被一系列的消化液和细菌消化成各种可被吸收的营养物质。这些营养物质被肠道吸收，进入血液，被输送到全身，最后被各器官细胞吸收。食物中无用的废渣在大肠中形成粪便，最后通过肛门被排出体外。对意识来说，自从食物被吞咽下去后，再被眼睛看见就是粪便了，中间的大量步骤并不为人所知，只被人们用一个词——"吃喝拉撒"就给概括了。

当然了，食物不会走到人的口中来，在现实世界里，当胃脏因排空而收缩，血液中血糖浓度降低，大脑中某些与进食相关的区块活动加强，所有这些行为混合在一起，就会给意识的"我"汇聚出一种被称为"饥饿"的痛苦感觉。而当身体摄入足够的食物，同样产生一系列行为，混合在一起，又给意识的"我"汇聚出一种"饱腹"的快乐感觉。

可见，现实和意识的认知有很多差异，现实中物质的变化异常复杂，生命体用亿万年的时间来改造身体，用来实施这些变化。作为后起之秀的意识体并没有充分了解整个过程，而只是利用一些简单的概念，去解释了它们。

但巧妙的是，仅仅通过类似于"饥饿痛苦"和"饱腹快乐"这样的简单合作，生命体和意识的"我"很好地联系到了一起，使虚无缥缈的后者受到了一个明确方向的指引和驱使。比如在避免饥饿折磨的驱使下，调用理性，去进行觅食、存储、烹饪和餐饮这样的复杂行为，取得食物中生命体必需的物质和能量。进一步地，所有这样的复杂行为聚集在一起，导向了一个结果——"避免死亡"，这几乎等同于"追求存在"。也就是说，在快乐的引导和痛苦的驱使下，意识世界里的每个"我"具备了追求存在的功能，构成了一个求存体，可以称为"意识体"。这个意识体通过感官和神经认知到躯体的存在，并通过神经控制肌肉产生动作，来展开求存行为。

也就是说，一个普通的人既是一个实存的生命体，也在大脑中包含着一个虚存的意识体。生命体的组方隐藏在细胞核深处的 DNA 中，其核苷酸的碱基序列包含了制造蛋白质的编码，可以制造出一个个功能各异的细胞，共同组成人体，并通过细胞们的分工合作，在物质世界里求存。而意识体的组方是意识世界的一部分，通过思考来理解物质世界并对其发展趋势进行预测，在快乐的引导和痛苦的驱使下，在意识世界中求存。

当一个婴儿出生的时候，它作为生命体已经在母体内存在并生长了 10 个月，也有着吃奶和哭泣的本能，但它的意识世界还是一片空白。随着它睁开眼睛，光线带着物质世界的信息开始通过视网膜源源不断地进入它的大脑，转换成意识并开始搭建意识世界。慢慢地婴儿感受并理解到了自己的存在，开始在意识世界里安放一个自我，并把这个自我和自己的身体对应起来。于是，一个意识体就诞生了。

意识体带着它的理性开始介入它所属的人的生活，并开始了和生命体一生的合作和对抗。大部分时候它们有着共同的目标——让身体更好地生存，但有时理性可以轻易认知的一些巨大利益，比如长时间辛苦地学习或者劳作后可以取得的金榜题名或累累硕果，本能却难以认知，因而时时会因为眼前的辛苦而展开"本能的"抵触，比如及时享乐，这使得很多人碌碌无为，无法取得理性的成就。

虽然有着来自同一物质世界的基础，但意识世界是凭空搭建出来的，在想象尚能带来求存优势的范围内，每个意识体都有着一定的自由，这一方面使得意识体异常博大，可以说每个意识体的意识世界都是一个自洽的宇宙（不管通过什么假说）。另一方面，也让不同意识体的意识世界差异巨大，比如笃信科学的人们认为宇宙由微观粒子构成，而古代中国人想象世界是盘古对着一片混沌挥了一斧子，"气之轻清上浮者为天，气之重浊下凝者为地"，给劈出来的。

与生命体被生存竞争严格束缚的求存行为不同，意识体这一难得的自由，创造了出乎意料的成果。

第五章　社会，更高一级的求存体

　　人是两性生殖的群居动物，作为生命体的人们，需要合作才能生存。虽然不乏一些成年人能够轻松地独自生存，甚至在这种状态下完成了繁殖，但即使是这些人，在未成年时也不得不依赖家庭的抚养而存活。普通人通常在其生命的大部分时间内组成家庭求存体，作为家庭的一分子在物质世界里求存。

　　人所组成的家庭求存体和蚁群非常相似，家庭成员之间大多有着血缘关系，各个成员根据自己在家庭中的位置，履行自己的职责，为了家庭的共同利益而行动。和蚂蚁一样，人类家庭成员也根据不同的能力展开分工。这些不同的能力一开始由基因决定，男人拥有强壮的肌肉，因此通过狩猎获得食物，同时为家庭提供武力保护。而女人则发育出发达的乳房和子宫，主要承担了孕育和抚养子女的工作。因为家庭成员之间大多有着血缘关系，有着相同的生命体组方，只要家庭实现了存在，家庭成员也就实现了存在。

　　这是基于生命体的生活方式，不同物种虽然发展出各种不同的表象，但本质是完全相同的，都追求生命组方的存在。直至几百万年前，东非的气候发生变化，导致森林变成了草原，这使得原来习惯于树栖生活的古猿不得不尝试在草原上谋生。

　　这些人类远古的祖先有着擅于抓握的能力和发达的大脑，于是学会了使用工具。他们对工具的使用带来求存力的巨大突破，这一点和生命体截然不同。生命体虽然也通过本能来利用环境中的一些事物，为求存创造一些利益，比如蚂蚁筑巢、畜养蚜虫等能力，鸟类利用干草筑巢等。但总的来说，生命求存力的变化来自染色体变异而产生的身体异变和相应的功能改变，然后那些更有用的改变和功能通过自然选择留存下来，产生演化的效果。

　　也就是说，进化的原动力——变异，来自染色体复制过程中偶发的错误，这种错误是随机发生的，这就意味着生命体改进求存力的动力并没有明确的方向，而是随机地向任何方向进行。只不过环境条件是一定的，因此自然选择有了方向性。但是，随机的变异需要通过足够长的时间才能产生足够多的可能，这种"变异＋自然选择"的进化模式不可能针对快速的环境改变而及时做出反应。这就是急剧的气候变化往往造成物种灭绝的原因，因为随机的变异对过快的环境变化措手不及。

　　另外，生命体通过染色体的复制而传递的求存力，其复杂程度受到一定的限制。比如种植植物和畜养动物，虽然利益巨大，但是其过程需要懂得一定的天文地理知识，了解所涉动植物的习性，以及掌握各种必要的工具和技术，所有这些信息对染色体来说不但过于复杂，也需要太多的综合判断，这种求存力是生命体所难以胜任的。不过例外也不是没有，蚂蚁就学会了发酵叶片和养殖蚜虫。

　　诸如此类的复杂功能却正是意识体的长处，意识体一旦认识到某个规律，通过想象掌握了因果，便可以有针对性地将其为己所用，同时迅速通过语言、图画等信息传递方式快速传递给别的意识体。意识体对物质世界规律的掌握可以到达近乎无限的深度，因此可以发展出极其复杂的求存能力，一个掌握着工具的意识体超越了生命体的范畴，拓宽了求存体的边界，使得人不再仅仅是自然人，而同时是猎手、农夫或程序员（见图 12）。

随着经验不断积累，整个意识世界对物质世界的模拟越来越准确，相应地，意识体对处在意识世界里的自己的认识也在不断发展。同时，随着新的工具不断发明，意识体也因此不断拥有越来越强大的求存力，比如武器的发展让士兵的武力不断提升。这个过程和生命体的进化类似，甚至新意识的产生也如基因变异般带有随机性，比如人们发明飞机的过程中有过无数的奇思妙想和勇敢尝试，最后，莱特兄弟创造的那种可行的方式存在了下来，并且不断被人复制、优化，一如生命体的变异、自然选择和演化。

人的意识世界中属于神话的假说部分通常可以称为"信仰"。信仰和经验不同，经验不一定在意识世界里符合逻辑，但一定在物质世界里发生过至少一次，比如古代中国人发现磁针可以指南北或者迈克尔逊和莫雷发现光速不变[①]，他们接受了物质世界里这一平凡的现实，但他们的意识世界里缺少相应的描述，比如后者，要等到阿尔伯特·爱因斯坦（Albert Einstein）提出相对论才在意识世界里补上了缺失的这一块。而信仰所对应的现象虽然不一定在物质世界里发生过，但一定在意识世界里符

---

① 1887 年，美国物理学家阿尔伯特·亚伯拉罕·迈克尔逊（Albert Abraham Michelson）和爱德华·威廉姆斯·莫雷（Edward Williams Morley）共同进行了一项著名的物理实验，主要目的是测量两垂直光的光速差值，以观测地球在以太中的速度。实验结果出乎所有人预料，无论地球朝哪个方向运动，测量出的光速始终不变。

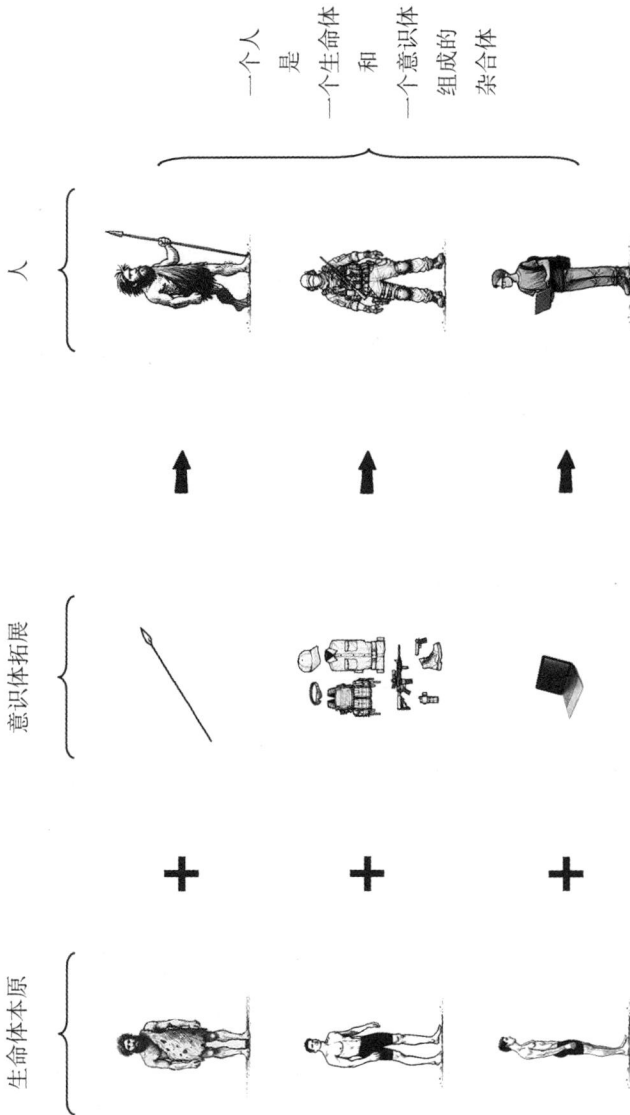

一个人是一个生命体和一个意识体组成的杂合体

人

意识体拓展

生命体本原

图 12　意识对生命体的拓展

合逻辑,比如龙王和其他诸神一起承担天地运转的职责,龙王负责司雨。显然,经验对现实的指导意义更大,信仰不过是对意识世界中未知部分的一种未知真假的补充,使得人们免于恐惧和彷徨。但因为信仰有着巨大的随机性,造就了其丰富的多样性。毫无疑问,如果信仰也能对生命体和意识体的求存有所助益,那么拥有这样的信仰显然是符合求存律的做法。也就是说,如果某个人群中产生的某种信仰对求存产生了好处,那么这样的人群就更容易在和别的人群的生存竞争中胜出。比如一个图腾或神话给予战士们强大的勇气,或者让人们更加团结互助,显然拥有这个图腾或信仰这个神话的人群更容易在战斗中胜出或者在灾难中渡过难关。

这样的想象也影响了意识体对自己的定义,有了信仰后,意识体对自我的认识有了更多的内涵,比如我是某神的子民,有着某种天赋的使命等。

在求存的压力下,能带来求存力提升的经验和信仰通过传授和学习,迅速从一个意识体蔓延到另一个意识体的意识世界里。当没有血缘关系的人们慢慢有了共同的信仰的时候,就意味着,这些家庭和个人之间虽然生命体组方差异甚大,却有着共同的意识体组方,比如"我们都是某神的子民,应该相互照应、共同战斗"。

当人的武力因为武器的使用而大大超过其他物种之后,人群和人群之间的竞争,成为求存的主要障碍,也就是说,一个人群必须相对于其他人群建立某种优势,只有相对于其他人群"更能存在"的人群,才更能存在。这形成了一个选择条件,那些没有血缘关系,通过信仰而消弭了隔阂,愿意走近并展开合作的人群,其群体规模将轻松超过家庭或家族的人口规模,这样的群体分工合作所产生的求存力远超单个家庭，自然更能够在与其他人群的竞争中胜出。

这并不意味着所有人都必然展开跨血缘的分工合作，但显然展开分工合作的那些人，就有了更强大的求存力，更能继续存在。另外，意识组方的质量也很重要，对物质世界模拟得更好的那些组方，显然能够带来更大的助力。

随着人们对物质世界的认知越来越深入，一些人逐渐掌握了动植物的生长规律，就开始有意识地通过种植一些植物或者畜养一些动物来获得食物，于是慢慢地发展出了农业。农业的发展使得人们得到了大量的食物，可以养活更多的人口。于是，一方面大量不需要参加农业劳动的人力极大拓宽了分工的细度和广度，比如成为思考者和手工业者；另一方面，因此带来的思想和技术进步反过来又提升了资源生产的产量和效率。

在这两个条件作用下，以共同信仰为基础的人群展开深度的分工合作。随着分工的深入，人们之间的依存度逐渐加深。在某些特别严重的灾害或特别强大的敌人等恶劣条件的刺激下，人们不得不紧紧团结在一起，依靠团体的力量生存下来。在这种情况下，人群中的人们互相依存，不可分割，于是产生了更高一级的求存体，即"社会体"。那些促使社会体形成的信仰，以及在此基础上所展开的分工结构和行为模式，共同构成社会求存体的组方，即"社会体组方"或"社会组方"，早期的社会组方大多来自信仰，被称为"文化"或"道德"，后来人们经过长期对社会体的观察和研究，伴随着后者自身的竞争、发展和"演化"，逐渐在社会组方上积累出越来越多的经验，这些基于经验的社会组方，则更多地被称为"制度"或"法律"。

组成社会求存体的单元是所谓的"职业人"或者"社会人"，由拥有社会组方并使用着工具的意识体组成，通过社会组方形成合作，与生命体或意识体类似。生命体通过染色体携带的生命组方来制造功能各异的器官，并通过本能配合，完成运转。比如肠胃消化食物并吸收营养，血液循环系统将营养物质输送到全身；意识体通过意识组方对尖锐物杀伤力的认知，制造弓箭并练习射术，通过理性使眼、手和工具配合，掌握远距离猎杀的技巧；而社会体则通过社会组方规定各种职业、工种和它们之间的配合方式，比如印度发展出了种姓制度，规定了婆罗门、刹帝利、吠舍与首陀罗四大种姓和相应的从业范围；中国古代则形成了由天子、诸侯、卿大夫和士组成的分封制度，这些制度使得人和人之间建立分工合作，社会体得以运转良好。

显然，社会体的求存力来自人经过工具放大的求存力通过分工产生的合力，即所谓的"劳动力"。"劳动力"的应用形成"技术"。"劳动力"的大小首先取决于作为个体的人的求存力的大小，而一个操作着工具的意识体的求存力主要取决于其所掌握的技术和工具的先进程度。其次，社会的求存力还取决于分工合作的合理程度，再厉害的人，如果没有被一个个地很好地组织起来，也形不成巨大的合力，甚至会因为彼此的力量相互掣肘、抵消而完全发挥不出求存力来。

技术的发展水平从根本上决定了分工可能形成的结构，也就决定了社会体可以发展到的程度。这意味着，经验技术的发展水平对社会的发展水平形成了一个约束，相应地，经验技术的发展能够提升社会发展水平的上限。比如在人们培育和驯化了一些植物和动物，通过种植和畜牧获得食物后，就进入了农业社会；而在瓦特发明蒸汽机后，人们摆脱了自然力量的束缚，取得了机械的力量,进入了工业社会,社会整体发展水平获得了极大提升。

　　社会组方则决定了社会体的求存总合力能够被发挥出来多少,迄今为止,多数社会组方的形成仍然取决于信仰,而信仰是人们对所能理解之外的那部分世界的自由想象,这在根本上存在一个漏洞,那就是,信仰是可以被操纵的。

　　这一点从最初的神话开始便是如此,人们在某些神话的感召下突破生命体组方约束的组织模式,跨越血缘展开了分工合作,比如"我们都是某神的子民,神要求我们相亲相爱,同甘共苦,不得相互攻讦"之类的神谕。

　　信仰带来了超越生命体组方的"凝聚力",同时,也规定了社会体的存在模式,也就是说,社会体的"终极命令"来自意识世界,是想象出来的某种"神旨"或者"天意"。

　　当某个人在信仰所构建的意识世界里,通过思考建立了更合理的结构,并将之应用于现实生活,取得了预期的效果,那么他就认为自己得到了神旨或掌握了天意。而他人也因为此人的预测准确而愿意接受此人的意愿为命令,听从此人的指挥。

　　那些所谓"掌握"了神的旨意的人们,在不同的地方和时代,被称为祭司、首领或者执政官等。他们控制了社会体的行为,支配着社会体的求存力。至于何以某人所阐述的主张即神或天的旨意,事实上并不重要,因为这些本来就是人们对不可知世界的想象,只要这些主张对现实产生了实实在在的指导意义,即与其他主张比能够让社会取得更大的利益,那么,人们接受这一主张,听从此人的领导,就更能求存成功。

　　退一万步讲,只要首领成功地让多数人愿意相信他,也能组织起分工合作,取得一定的社会求存合力,在一定时间内维系社会体的存在。但在社会体间存在竞争的情况下，如果首领的指示实际上并没有为社会取得足够的利益，哪怕通过忽悠凝聚了再多的人，也经不起时间的考验，迟早会在社会体的竞争中败下阵来。

第六章　从求存到共存

现在我们已经对所处的物质世界有了基本的认知,物质根据组方组合成存在体,存在体有着特殊的结构,因而有着特殊的功能,可以发生相应的变化。当条件具备,变化就会发生,直到变化结束。比如星云之中稀薄的氢元素在引力的作用下,慢慢聚集到一起,挤压发热直至开始发生核聚变反应,最后形成一颗恒星①。离我们最近的那颗被我们称为太阳,因为太阳含有的氢元素量极大,这一聚变反应要持续一百多亿年才结束。

在这段漫长的时间内,太阳聚变产生的光线向四周的宇宙射去,其中一部分照在地球上,为其输入了热量,带来了大量求存体的产生。

这些求存体们起初不过是一些漂浮在海洋中能够自我复制的大分子,后来产生能够利用阳光合成有机物和以其他细胞为食的单细胞生命体,细胞们聚集在一起又形成了多细胞生命体。有的多细胞生命体进化出特别复杂的大脑并在其中构建起意识

---

① 20世纪初,英国物理学家詹姆斯·金斯(James Jeans)提出了金斯引力不稳定性理论,认为存在一个称为金斯质量的临界质量,当分子云的质量大于金斯质量时,会发生引力不稳定性,导致星云坍缩,从而形成恒星。

世界,其中一种自称为人的又通过意识组方的拓展组成了社会体。

总而言之,我们所处的,是上述所有存在体和求存体们共存的世界(见图 13)。

图 13　存在体和求存体共同组成的世界

在这个世界里,存在体们的存在没有目标,因而不产生意义。而求存体们利用自己的求存力,最大化自己的利益以追求组方的持续存在,去实现自身存在的意义。有的求存体之间毫无关联或关联极少,它们依赖不同的资源求存,彼此之间不存在冲突,就像螳螂和猎豹,又或者竹子和狮子,它们形成求存体共存的第一种形式:各自存在。有的求存体的存在依赖于别的求存体,从后者那里取得利益,以保障自身继续存在。就像羚羊以草为食,而猎豹以羚羊为食,前者为了自身的利益去占有后者的利益,而后者因前者的存在而不得不牺牲一部分利益,这种共存方式可称为"奴役"。蜜蜂以花蜜为食,对植物形成奴役,但植物也利用蜜蜂帮自己传递了花粉，也奴役了蜜蜂。也就是说，蜜蜂和被授粉的植物之间互相奴役，形成了互利，这也是广泛存在的另一种求存体共存方式，可以称为"合作"。

求存体们的共存是一个动态的平衡，它们彼此成为对方求存环境中的影响因素，或索取或给予，最终都因为自身的某种优势而持续存在着，形成共存世界的一分子。

比如人类种植水稻，为的是取它的种子为食，因此人类奴役了水稻。但水稻生产众多的种子，吸引了人类去种植它，从而占据了大片田地，繁殖出巨大的数量。从生命体求存的角度讲，水稻让人类付出了巨大的劳动来实现了自身的大量存在，可以说水稻也奴役了人类，获得了巨大的成功。因而，人类和水稻都从对方那里得到了好处，两者形成合作共存的关系。同样地，人们还养牲取肉，驯狼为狗，这些都是合作的典型例子。

奴役的例子也不少，比如狮子捕食羚羊，就未曾给羚羊带来任何好处，只是纯粹的消耗，草原上若没有狮子，羚羊和草自然也会形成平衡关系。对羚羊而言，狮子构成环境中的危害因素，和其他危害一样，其所引起的减员、恐惧和伤痛，是它们这个物种必须承受的损耗。当然，羚羊并非束手就擒，而是不断演化出更快的速度和敏捷的反应，让狮子不那么好捕猎。但狮子也不坐以待毙，它们也不断演化，提升自己的捕猎能力。当两者在追与逃的竞赛中达到了平衡，狮子和羚羊的数量就都保持了稳定，前者对后者形成稳定的奴役关系。被奴役的羚羊不得不贡献一部分个体给狮子作为食物，它作为物种必须承受这种奴役，否则就要被淘汰。而狮子的数量太少，无法承受这种消耗，如果不是这样，自然也会有物种来做它们的天敌，以它们为食，在食物链上再加上一环。《山海经·海外北经》中记载曾有一种神兽，名叫驳，状如白马，长着锯齿般的牙，以虎豹为食（见图 14）。

图 14　猛兽"驳"的想象图

　　一个高级求存体的存在总是依赖于低级求存体的存在，因此两者必须共存。比如人体的细胞和作为整体的人，前者所提供的功能凝聚为后者的求存力，后者利用求存力取得资源，并将其分配给前者，使其得到生存所需。人和社会也是如此，人为社会提供劳动力，使社会维系安全并创造财富，这些财富随后被分配给个人，使其得以生存和繁衍。

　　问题在于，一个人不仅仅是生命体，还同时包含了一个意识体。人受生命体的本能支配的时候，大部分情况下能很好地兼顾细胞们的利益。比如人困了睡觉，饿了吃饭，长大后去恋爱结婚，去完成生命体预设的求存任务。但当人受意识体的理性支配时，追求的是意识组方的存在，而未必妥善兼顾到生命体的需求。比如苦行的人为了求道，常常节食、少食而导致骨瘦如柴，置全身细胞的健康于不顾。

　　意识活动是大脑的功能，因而大脑是意识体存在的基础，但大脑同时也只是生命体的一个器官。所以,生命体组方的自然选择牢牢控制着大脑的发达程度,使人的理性强大程度,必须停留在对生命体求存有利的范围内。这意味着,人的生命体和意识体之间的共存关系,主要体现为前者对后者的奴役。在脑海之中创造了一个世界的意识体堪称伟大,现实中人却总是受到欲望的驱使,为了生命体的求存而蝇营狗苟,终日奔走。

烟民们吞云吐雾地吸入焦油,得到直冲上头的快感,但这个过程中身体摄入的化学物质,深深地残害了口腔、呼吸道、肺部和其他多个器官的细胞们。当这些细胞不能承受这种索取和伤害时,所引发的高血压、胃溃疡和癌症等疾病会极大危害人体的健康,甚至直接夺走生命。香烟所带来的难以抵御的快感所引起的痴迷和向往,通常被称为"瘾",除了烟草之外,能成瘾的东西还有很多,比如槟榔、酒精、咖啡和毒品,后者直接创造过于强烈的快感,甚至可以控制人的思想和行为。事实上,这就是生命体控制意识体的方式,人的欲望就是一种天然的瘾,驱使着人们发动理性去生存和繁殖。只不过,因为毒品的存在,这种方式有着失控的可能。当毒瘾发作,人就会驱动一切本能和理性去得到毒品,坑蒙拐骗,什么事情都做得出来,直到死亡为止。

只有那些理性特别强大的意识体,会跳出生命体的控制,挣脱所谓的"快乐"的束缚,而去追求自己在意识世界里设定的目标——理想。这样的人可以反过来奴役生命体,使其服务于理想的追求,那些有着坚定信仰的战士,能够在战场上视死如归,完全不顾生命体生存和繁殖的需求。

作为意识体的人们,通过意识组方的引领,在一起分工合作建立起社会体。他们利用分工优势,创造出大量生存资源,因而可以满足大量人口的生存。当社会体崩溃时,因为合作不复存在,失去分工优势的人们所创造的资源无法养活原来社会体维持的人口,人们为了抢夺资源彼此攻击,就会天下大乱,民不聊生。因而,意识体在构建社会体的时候,总是强调努力的合作和无私的分享,这个时候往往也是生存艰难的时候,所以意识体们的理性能够很好地认识到维护社会体的必要性。但随着分工合作的进行,生存环境迅速改善,怀着崇高理想的意识体随着生命体的寿命终结而消失,被生命体奴役的意识体们慢慢成为多数。于是整个社会中人们的行为都开始服务于生命体的求存,他们的本能和理性的目标基本一致,努力追求占据尽可能多的生存资源并尽可能多地追求享乐。进一步地,他们甚至奴役社会体,然后利用社会求存力来为自己服务。

被奴役意味着利益损失,恐怕没有求存体会喜欢,即使羚羊作为物种能够承受被猎豹捕食带来的消耗,每只被猎豹追上并摁倒的羚羊也不免痛苦和绝望。问题在于,求存并非温情脉脉的游戏,因为对有限资源的争夺,是一场你死我活的斗争。其中的道理很简单,你多占有一点,他就少占有一点。所以,怎样才更能存在,才是所有求存体不懈追求的目标,以及不得不接受共存局面的原因。

总而言之,不管奴役还是合作,求存体们若要共存,关键看是否能够形成稳定状态。比如人的生命和健康,取决于同时作为求存体的意识体和生命体能否形成良好的合作。如果意识体主导的理性行为使生命体丰衣足食、张弛有度,生命体就会生活得很健康,那么细胞们就能够很好地发挥作用,所组成的人体体力充沛、精神旺盛,可以有力地支持意识体去实施理性行为。在这种情况下,意识体和生命体通过良好的合作,彼此都获得了求存利益,更好地实现了存在。

如果任何一方尝试奴役对方,就会打破合作状态的平衡,转而进入奴役状态。奴役状态能否稳定,关键看奴役者是否竭泽而渔,而被奴役者是否能够承受损耗。在医学不够发达的古代,人一旦染上寄生虫或被某些细菌侵入,就可能一辈子都无法摆脱,但未必立刻死亡。细胞和人体也是如此,细胞复制的时候出了错,有时就会形成肿瘤,肿瘤并不向人体贡献求存力,而是利用人体取得的资源,自顾自地生存并繁殖着,对人体形成奴役。如果肿瘤很小,器官的正常功能受到的影响很小,人体就几乎感觉不到其影响。但一旦肿瘤长得很大,影响到器官功能的发挥,或者消耗大量资源,人体的健康就会受到较大的影响。而当肿瘤细胞开始不受限制地分裂,并向全身扩散,四处生长时,最终将导致某一个器官无法工作,也因此破坏了细胞们的合作,打断了人体的求存功能,人的生命也就走到了尽头。死亡的一刹那所有细胞虽然都还活着,但随着肺脏不再吸取氧气,或者心脏不再跳动,包括肿瘤细胞在内的所有细胞们都将慢慢地因缺氧而死。

人和社会体的关系也是如此,当社会运转良好的时候,它和人们之间是合作的关系。人们通过分工向社会体贡献求存力,让社会运转良好,同时自己得到庇护,领取报酬,双方实现共赢。如果社会攫取了过多利益,比如建造过于巨大、精美的祭坛或其他建筑,这些事实上无用却耗费巨大的行为,大量消耗了社会资源;又或者少数人以权谋私或通过经济掠夺,将属于大部分人的利益占为己有,导致人们得到的利益越来越少。当人们所得少于他们应得的份额,他们就开始被奴役。奴役逐渐加重,直到无法承受,人们揭竿而起,拒绝为社会体贡献力量,于是社会体就快速崩溃了。

　　高级求存体的存在依赖于低级求存体，因而前者的稳定性受制于后者的自由度，当组成高级求存体的低级求存体们依照高级求存体的组方（如社会体的法律、道德等）而行动，它们的求存力就维护着高级求存体的存在，高级求存体的存在就有了保障。但低级求存体们终究在求存律的作用下渴望攫取更多的利益，它们不懈地努力着，并不断地获得成就。这在生命体表现为肿瘤，在社会体表现为贫富分化。求存体的层级结构注定了，低级求存体们响应求存律的号召——为了自身的利益蠢蠢欲动，终将敲响高级求存体灭亡的丧钟。也就是说，由低级求存体组成的高级求存体，必然因为前者对生机的追求而灭亡，也因此有一个有限的存在时间，表现出"诞生、成长、衰老、死亡"的周期性的过程，是为"生命周期"。

　　因此，不管人怎么去保护健康，只要他们依靠细胞提供功能，就难以摆脱癌细胞无休止的冲击，和终究死亡的结果；不管社会怎么制定制度，实施什么法律，只要它依赖于人提供功能，就必然要接收"私利"无休止的挖墙脚，和不断重复的调整、重组或兴亡。

第七章　求存力学

　　不管社会体多么强大，意识体又何等深邃，所有的求存体，都从最初那个最原始的生命体发展而来。原始生命体产生于地球上的原始海洋，原始海洋里某处，温度适宜，分子们活蹦乱跳地做着热运动，在碰撞中不断随机合成不同的有机物，直到某时某刻形成了有着求存功能的原始生命体。这个我们共同的祖先，我们不妨亲切地称之为"老祖"[①]。老祖的构造和身边那些莽撞的有机分子小伙伴们相比，没有太大的不同，大家在一起热运动，不停地碰撞摩擦，如果挨到一起的分子能够发生某种化学反应，就发生这种反应。唯一的区别在于，老祖的功能，也就是它和碰撞到的某些分子所发生的反应，能够塑造出一个新的自己来（见图15）。

　　老祖的特殊结构带来的特殊功能，利用温暖的海水所蕴含的能量，推动了自身不断的复制。这种利用了海水的热力所产

---

① 1953 年，美国芝加哥大学的研究生斯坦利·米勒（Stanley Miller）在其导师尤里的指导下完成了被称为米勒-尤里的实验，这个实验是关于生命起源的经典实验之一，旨在验证生命有机物是否可以从无机物中通过特定的化学过程合成。实验结果表明，在模拟的原始地球大气条件下，可以合成出多种氨基酸等生命有机物，这为生命起源于无机物的化学进化过程提供了重要的实验证据。

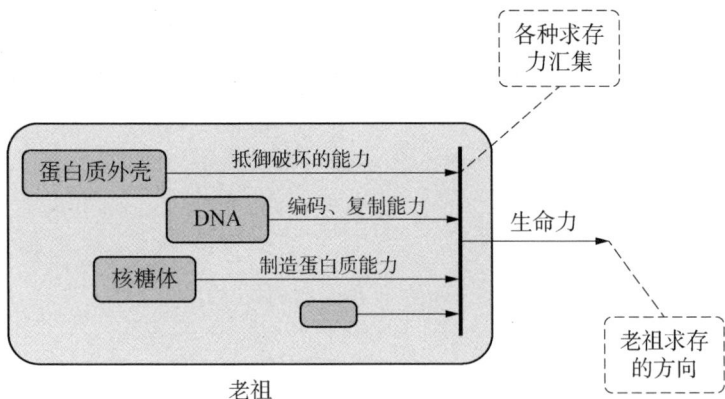

图 15　老祖的求存力分析

生的不断自我复制的力量,即最原初的求存力,可简称为"生命力"。

　　后来老祖的后代们获得了叶绿体和线粒体这些功能强大的细胞器,前者能够利用阳光将水和二氧化碳合成碳水化合物,后者则可以将摄入的能量物质分解而释放出能量,来供自身使用。得益于这些强大的细胞器的参与,生命体的生命力有了巨大的提升。

　　随后,更在细胞的层面上展开了分工,细胞们通过分化获得了很多新的功能,也因此产生了新的求存力。比如肺、血管和心脏细胞,它们聚集在一起组成强大的器官,可以将氧气和营养集中地输送到遥远的地方,远远超出了细胞仅仅通过热运动来传递物质的能力,极大提升了多细胞生命体的生命力。

　　又如肌肉和骨骼,它们构成机械的身体。通过机械力的转化,有的生命体拥有了移动力,可使自己快速移动;有的则可以制服猎物或防御天敌,于是拥有了强大的武力。此外,一些生命体还进化出了包括视觉、听觉、触觉和味觉这样的信息接收器和脑这样的信息处理器，由感官获取环境中的信息，由脑进行处理，进而判断出什么行为更有利，以增强其他求存力的使用效率。比如了解到哪里温暖，就可以有目的地移动到那个地方以减少热量消耗；了解到猎物的移动路线，就可以提前设下埋伏，减少移动力和武力的使用，轻松地捕获它们。

这种信息分析能力俗称智力，有着强大的信息分析能力的大脑出现以后，智力的力量慢慢攀上了巅峰。很多动物智力超群，比如狮子，它们要伏击制服猎物，要先判断风向，从下风处小心接近猎物，再根据地形和对方可能的反应，占据有利的位置展开包围，最后在恰当的距离发起攻击。

显然狮子的智力并不能直接产生结果，狮子再怎么想象出击的位置和时机，也不能远远地就把猎物给想到手。智力的释放只是帮助狮子提高捕猎的成功率，让它通过花更少的力气取得尽可能大的成果。比如小心翼翼地接近猎物，选择最恰当的位置和时机发起攻击，而不是远远地一看见猎物就直冲上前，让猎物有充足的时间早早逃开。

智力所能换取的利益是有限的，再聪明的狮子也需要能追上猎物并制服它，因而它需要足够的肌肉和爪牙来产生速度和武力。但狮子能支配的资源也是有限的，要想获得更强大的智力，就必须拥有更大的大脑。而更大的大脑会占用更多的营养物质，消耗更多的能量，也就意味着必然削弱其他器官的发展（见图16）。

除非智力能够高效转化为其他求存力，比如，将大小形状合适的石块高速投掷出去，并不需要太大的力量，却能产生极强的破坏力，足以砸破很多动物的头骨；把石块换成坚硬长直，且一

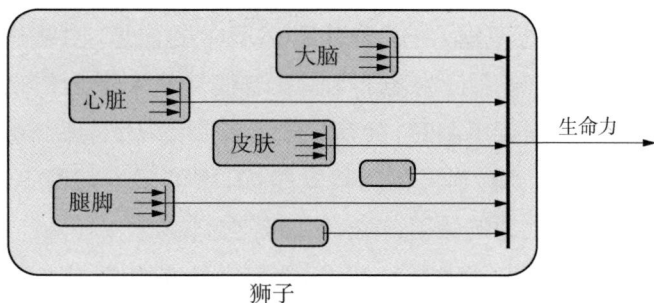

图16　狮子的求存力分析

端修尖的树枝,更是杀伤力惊人,可以轻易对大型动物产生致命的伤口。拥有这种力量的动物很多,百来斤重的古猿就能做到,更不要说体重动辄几百公斤的狮虎熊象犀这种动物。问题是,大部分动物没有抓握的能力,也没有足够的智力去理解石块、长矛的形状、速度、撞击和猎杀的关系。

真正能够使用工具,成功地将智力转换为机械力、化学力乃至生命力的,就只有不但头顶着聪明的大脑,还拥有着灵活双手的人类。人类理解了投矛、针线和火这些简单工具能够产生的直接作用,在一众成功物种中脱颖而出,迅速站上了全球可达范围内的食物链最顶端。在此之后,人类还展开了复杂的劳动和分工,建立起社会求存体,将求存力放大到令其他求存体望尘莫及的地步。

社会体求存力的强大之处首先在于,组成社会体的人类意识体很强大,借助高超的智力,意识体能够轻易根据意识世界对环境的模拟,判断出事物的变化趋势,从而为行动作出正确且准确的指导。其次,在智力的帮助下,人们能够制造出强大的工具,并展开复杂的分工,凝聚出强大的合力。最后,社会求存体建立在意识组方的基础上,而意识组方对物质世界规律的理解有着近乎无尽的可能,一旦理论发生重大突破,就足以将社会求存体的求存力水平提升到另一个高度。

社会的求存力如此强大,意味着对人们来说,建立社会化分工合作,将个人有限的求存力凝聚出最大的合力,才对整体最有利。在高度发展的社会中,人们的求存力高度分化,比如在现代城市里,大部分社会人已经失去了在自然环境中求存的能力,而只能在社会中承担某一个高度细化的职能,这意味着他们更多时候体现为社会体的一个单元,恰如人体的一个细胞。即使在农业社会的古代,比如被游牧民族频繁犯边的宋朝,靖康之耻告诉我们,一旦社会崩溃,个人也将无可幸免。但是每个人又不可避免地是一个生命体,和狮子、竹子和酵母菌一样,都必须确保自身生命组方的成功求存。

对酵母菌这样的单细胞生命体来说,其求存力仅仅服务于自身生命体的求存,相对来说比较简单,只要遵照本能的设计,在营养充足的时间地点尽可能多地繁殖就可以了。它的远亲,那些聚拢在一起的多细胞生物体内的细胞们,所面对的情况就要复杂一些。以某个人上臂肱三头肌内的某个肌肉细胞为例,出于方便的考虑,此处叫它"小肌"。小肌是一个细胞,本身是一个求存体,又是人体的一部分,牵涉两个求存体,它的求存力就必须兼顾两者的利益。

作为一个细胞,小肌首先有着细胞生存和繁殖所必需的所有功能,如果把它单独放在实验室的营养液中,也能生存。但人体的环境更优渥,除了少数发烧的日子,温度总是恒定在最舒适的点上,没有天敌捕杀,四周环绕的血管带来各种养分,专业的红细胞穿行其中,送来氧气并带走二氧化碳,真是神仙般的生活。

唯一的负担是工作,小肌是一个专业的收缩工,它和不计其数的工友们一起组成肱三头肌,是上臂后方一块重要的肌肉,操纵着将前臂外推的动作。当收缩的电信号随着神经传来,小肌就必须和小伙伴们一起收缩,形成巨大的力量拽动尺骨,拉动前臂带着手掌挥出去,啪,打死一只蚊子什么的(见图 17)。

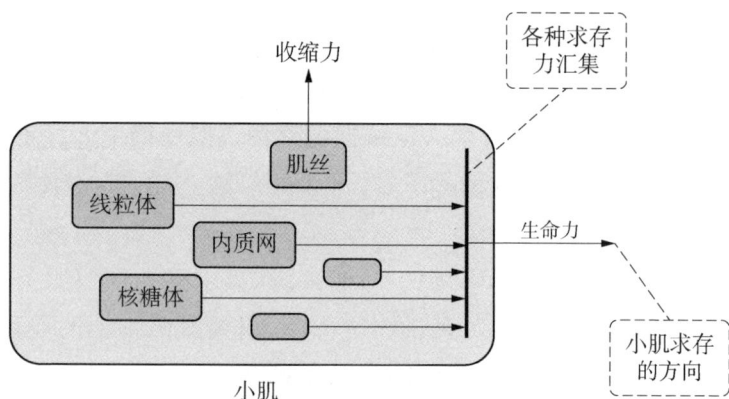

图 17 小肌的求存力分析

毫无疑问,人体是小肌的家园和所有供给的来源,如果人没了,小肌也必死无疑,因此它要按照神经传递的命令进行收缩,以使主人产生必需的动作,进行必要的求存活动。在某些关键时候,某个单一的动作,能够产生巨大且深远的影响,甚至改变整个人类社会的历史,比如公元 1004 年北宋澶州前线,宋将张环的小肌和它的弟兄们一次合作,挥出手臂击发八牛弩,所释放的巨箭一举击杀了辽国大将萧挞览,这一事件促使宋辽两国签订澶渊之盟,为千万百姓带来了百年和平①(见图 18)。

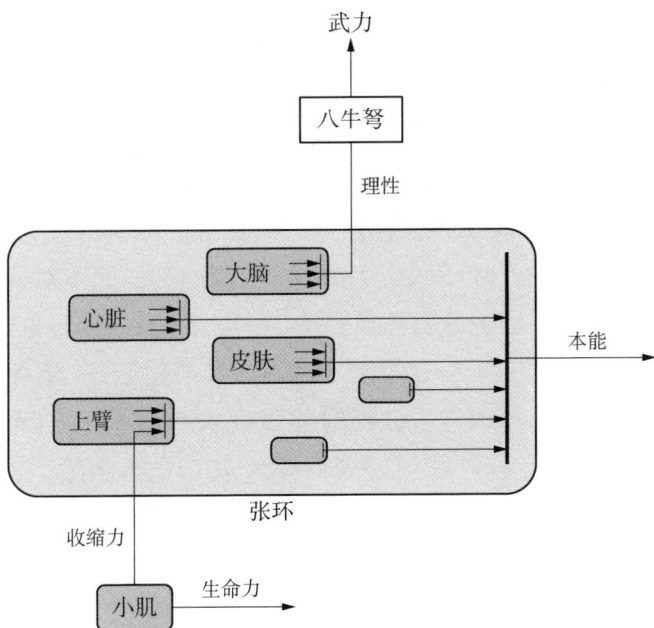

图 18　张环(生命体)的求存力分析

张环因大功而升官发财,荣华富贵自不用说,衣食无忧下,他身上的小肌的小日子非常惬意,每日里懒洋洋地做点小动作,各种营养供应充足。而倒霉的萧挞览一命呜呼,身上百万亿个细胞小兄弟全跟着倒了大霉。

从张环身上可以看出,小肌这样的体细胞和酵母菌那样的单细胞生命体的异同之处。酵母菌在营养充足的环境里可以肆

---

① 《二十四史》中《宋史·真宗本纪》记载:"契丹兵至澶州北,直犯前军西阵,其大帅挞览耀兵出阵,俄中伏弩死。"

意生长繁殖,而小肌必须考虑求存力的合理分配,使之同时满足自身和张环这两个求存体的求存需求。和酵母菌一样,小肌也要消耗一部分营养进行必要的新陈代谢来维持自身的生存,并在必要的时候进行分裂繁殖。像张环每日操练,有着健壮的三头肌,他体内的小肌就曾多次分裂,以产生更粗壮的肌肉组织来适应繁重的收缩任务。小肌这样的分裂和酵母菌的分裂没有太大的区别,但人体的繁殖工作由专门的生殖细胞承担,小肌的分裂并不产生新的人体,只为了使肌肉更粗壮有力,而不对自身的繁殖作出贡献。和酵母菌不同的是,小肌作为身体的一分子,它从身体得到营养——分享了其他细胞(如消化系统、循环系统等)的劳动成果,所以它应该对身体贡献求存力,以取得利益回报给其他细胞,这样才能更好地保障大家的共同存在。这意味着,小肌对身体负有"责任",必须先通过"工作"来帮助身体取得利益,再通过分享其他细胞的工作成果来实现自身的存在。

个人的处境和小肌有很多相似之处,但更为复杂。一个人首先是一个生命体,利用本能追求生命体的存在——生存和繁殖。一个人从食物中得到的资源,约有一半要用于维持身体的运行,即所谓的"基础代谢"。同时,他又是一个意识体,通过学习掌握了一些工具和技术,将理性转化为某种求存力,用来参加社会体的分工,为社会体求存作出贡献,并以之获取报酬来保障自身生存和繁殖。有可能的话,进一步实现自己的理想。

社会体也通过对各职业职能的定义来对个人的行为范围和所应提供的工作成果做出规定,比如兵将必须拥有战斗的技能,根据军令行事,不能肆意妄为。同时,社会体还通过各种形式的绩效奖惩来引导个人释放出更多的求存力给社会,若一个士兵不断提升其战斗能力,那么他就会晋升为士官或军衔更高的将官,得到更多薪饷,享受更高质量的生活。人的本能渴望得到更多欲望的满足,人的理性也追求着理想,两者都形成良性的引导力来引导兵将们不断提升战斗能力,负责更多更大的战役,然后得到更多的回报,形成良性循环。这种限制加引导的力量形成了个人在本能和理性之外,源自社会体利益取向的一种驱动力,可称为"规矩"。

每个人都受到本能、理性和规矩这三种求存力作用,就像张环,作为生命体,他是身上所有细胞组成的整体,正值壮年,细胞们都处在极佳的状态中,渴望着让家族血脉开枝散叶,最好长盛不衰。张环不但身体健硕,而且有一个颇为灵活的脑子,虽然并没有像朝中那些大相公饱读诗书,但从小习武,脑中的意识体掌握了大量的武器使用技术,弓马娴熟不说,兵法韬略也略懂一些,从小就和很多学武之士一样,以霍去病、李靖那样的名将为偶像,梦想着北征故土,收复燕云十六州。

这不仅是他个人的梦想,宋朝也号召军民们忠君爱国,以保卫边疆、收复故土为己任。张环充分响应这个号召,自从军以来,作战还算勇敢,已经升了几次职,大小算是一个军官了。

现在,他作为一个武将参与社会体的分工,和自己的战友在澶州前线与辽国作战,一起努力把求存力贡献给大宋这个社会体。如果能够打败辽军,大宋江山就能得以保全,人民可以安居乐业。而他不仅可以建功立业,实现从小的梦想,还能封妻荫子,为生存和繁殖带来巨大的利益。

和张环一样,所有人,包括皇帝、文官、武将、农夫、商人乃至车船店脚牙,都被这三种力量作用着,做出自己的行为,进行着求存活动(见图 19)。

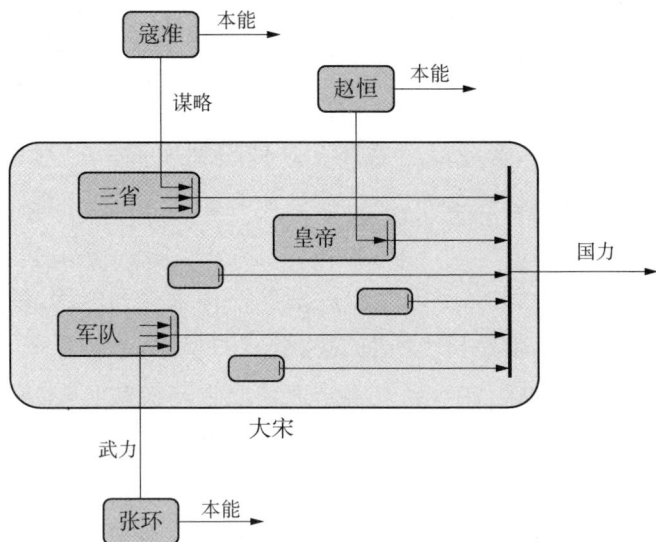

图 19　北宋(社会体)的求存力分析

此次辽国大军来犯,如果战争失败,所有人都要成为亡国奴,命运将会被捏在辽国人手中。在这个重大危机面前,大宋所有子民的生命体利益、求存体利益和社会体利益高度一致,因此大军集结于澶州迎战,连皇帝都御驾亲征。

张环在澶州前线英勇作战,并不是他对如狼似虎的辽军没有本能的恐惧或者他的理性意识不到伤亡的威胁,而是他作为职业军人,他的工作就是战斗,社会通过职责范围和绩效奖惩对他的行为做出规定和引导。在击杀萧挞览后,他就获得了荣华富贵,很好地解决了生存问题,而如果他怯懦避战,军法可不会有丝毫容情。

人的本能趋利避害,所以这样威逼利诱的设置能够产生有效的驱动力,所谓"重赏之下必有勇夫"就是这个道理。社会体通过这样的设置来使个人的求存利益和自己一致。但这种方式有着显而易见的漏洞，那就是本能永远指向生命体求存，在胜利能够带来的利益引诱下，且军法的威胁大于敌人的时候，士兵尚能奋勇向前，但当敌人杀到眼前，所带来的死亡威胁迫在眉睫的时候，很多士兵的战意就会迅速瓦解，于是团队就如乌合之众般溃散。

澶渊之盟后百年，金国崛起，完颜阿骨打率领 2 万精锐士兵，在护步达冈追击辽帝耶律延禧率领的 70 万大军。辽军大败溃逃，被杀数万人。从理性上说，所有人都明白，正常情况下，2 万人是无论如何都打不过 70 万人的，如果那 70 万人受到理性的支配，在金兵冲杀的时候不逃，而是冲上去砍，那么他们不但不会被杀死那么多人，而且大概率能够打败对手，这么一来，辽国也就不会被金国灭掉。当然了，如果都这样，那么曹操不可能战胜袁绍，符坚不用草木皆兵，一整本中国史都要改写。

问题是，当金兵的铁骑冲到眼前的时候，又有几个人能够明知必死，却依然奋勇抵抗，为身后的战友夺得一丝生机呢？如果两个士兵是亲人，比如父子或兄弟，那倒有可能，因为好歹本能支持这样的牺牲。对生命体而言，只要有血缘关系的一个亲人活下来，他们的共同基因就延续了下去，生命体就求存成功了。又或者战斗的胜败关系到后方家人的安危，那么士兵的牺牲如果可以换来胜利，就保障了血缘的存续，这也是保家卫国的士兵总能迸发出超常战斗力的原因。

理性也能够达到这样的效果，但是，理性指向意识体的求存，要想理性有利于另一个人，需要两个人之间有共同的意识体求存组方。这并不难，事实上，人们之间必然或多或少有着共同的"信仰"（信奉共同的神灵、宗教或者拥有某种共同的信念），比如朋友、有着共同愿景的同志或者爱国主义教育深入人心的国家的民众等。组成军队的千万人绝无可能都有着血缘关系，即使有，也淡到绝无可能支持彼此之间做出生命的牺牲。因此，大多数情况下，军队依赖共识来凝聚力量，师出有名、哀兵必胜都是为此。

遗憾的是，王朝末年的军队大多军纪涣散，腐败成风，将士们无法形成战斗的共识。就像耶律延禧的辽军，人数再多，也只是本能求存的生命体群体，在死亡的威胁下没有人对身边战友有足够的信任和信心，必然一击即溃，各自求生。而金人们生活在白山黑水之间，环境条件恶劣，又受到辽国的压迫，日子过得苦不堪言。在艰苦环境中求生活的经历让他们勇猛过人，有着战斗求生的本能和习惯，又在完颜阿骨打等杰出将领的带领下取得了一场场战斗的胜利，养成了共同的信念——战斗时听从指挥，奋勇向前，就能取得胜利，得到更好的生存条件。在这种意识组方的指引和求生本能的驱使下，金人成功取得本能和理性的合力，金军于是成为横行天下的强军，接连消灭了辽国和北宋这两个大国。

金军的这种力量并不鲜见，当人们在危难中听从某个号召团结起来，又或者经历过乱世后的人们渴望建立起一个新的社会体时，因为生存困难，且只有合作才能取得分工优势所凝聚的合力而继续存在，本能和理性的指向空前一致，因而能够在很短的时间内迅速让国家面目一新，重新繁荣起来。

但遗憾的是，繁荣后的社会体又多会不可避免地走向瓦解，这个过程与生命体的生命周期在外观上无比相似。于生命体而言，器官随着年岁衰老逐渐失去生命力，最终导致整体的死亡。于社会体而言，组成社会体的是一个个人，虽然人的寿命有限，但人能够繁殖，只要人数不大幅度下降，社会体在理论上可以永存。只是随着新的社会体的建立，巨大的社会力被凝聚出来，生活迅速改善，人们于是失去了"只有合作才能共存"的环境基础。随着生存资源的富余，攫取更多个人利益迅速成为符合求存律的做法，于是本能开始破坏理性，侵蚀合作的意识组方，驱使人们自私自利。同时随着时间的推移，那些在艰苦环境中养成坚定信念的合作者越来越少，为自己谋利益的人越来越多，服务于社会的理性力量也被剥茧抽丝，越来越虚弱，腐败社会体的覆灭，就只是个时间问题。

　　金灭北宋后，迅速由盛转衰，腐败糜烂。护步达冈之战后百年，老迈金国的 45 万军队在野狐岭与年轻蒙古的 10 万军队决战，大败溃退。历史完成一个轮回，又一个朝气蓬勃的社会体跃上舞台，不可一世。

第八章　青山依旧在，几度夕阳红

　　求存体是否能够继续存在，取决于求存力的配置和使用。比如生命体通过变异来适应环境的变化，让求存力配置更合理的后代存活下来，展现出"演化"的表象。

　　社会体的情况要复杂得多，社会体由意识体组成。作为意识体的人和工具所贡献的劳动力凝聚成社会求存力，比如工程师团队的建筑能力，或者军队的战斗力。这种力量是人类力量的巅峰，即使在现代机械出现以前，当社会中人们的力量被有效地聚集在一起，仍然能够建造出像长城和金字塔这样不可思议的建筑，在千年以后向后人诉说一个健康且强壮的社会体的辉煌。

　　显然，社会的力量需要被组织起来才能得到凝聚，比如建造长城，需要大量的建筑师和民夫，他们首先勘测地形、选定路线、设计城墙，然后开凿石块、制作石砖、运输到施工地点，最后装砌成城墙。整个工作流程复杂，耗时漫长，需要大量人员的密切配合。比如数量庞大的建筑师和民夫们要吃饭，就要有足够的粮食被生产、征收、运输和烹制，考虑到建造长城动用的人数往往数以十万计，任何一个配合环节的工作量都不容小觑。

　　建造长城首先是秦始皇的一个想法，当万人之上的他决定实现这个想法时，一声令下，无数人和工具的力量被有效指挥起来，释放到合适的位置，一段时间后，在现实中实现了这个想法。这是意识组方从虚存到实存的过程，篾匠制造扫帚也是这么一个过程，只不过篾匠所能掌控的只有自己的双手和篾刀，而秦始皇手中有着整个国家的力量（见图20）。

图20　秦始皇的意识在现实中的转化

这种力量可称为"社会力"，是作为意识体的人利用技术操纵工具所产生的"劳动力"通过社会分工而凝聚出的合力，而支配社会力的便是所谓的"权力"。

可见，影响社会力的因素有技术、工具和分工的组织水平。技术和工具的水平决定了社会力能达到的最大值，而组织水平决定了社会力能发挥出来的力量大小。

技术和工具的水平取决于意识世界对物质世界的理解程度，分工组织水平则取决于所谓的"权力结构"。社会体求存能否成功更多地取决于其权力结构。以修筑长城为例，最底层是民夫，一个民夫所能提供的劳动力是自己的一身力气加上撬棒、绳索、锤子和凿子等工具所构成的建筑工程能力。但是他不能任意释放这些能力，而必须按照小工头的指令做事，也就是说，他的那一缕社会力受到小工头权力的支配。

一个小工头手下有十个民夫，在修筑长城这个社会性的行为里面，他作为小工头的权力支配着手下十个民夫的建筑工程能力之和，而他必须依照大工头的命令行事，受到大工头的权力支配。当小工头从大工头那里拿到任务，就把它分解为一个个更细小具体的任务，分配给手下的十个民夫，让他们按他规定的方式去释放自己的能力，完成那些小任务，这些被完成的小任务聚集在一起，汇集成一个被完成的大任务。

小工头支配民夫，大工头支配小工头，权力层层向上凝聚，最终集中到秦始皇的手里，构成唯一的顶级权力，支配着全天下的劳动力，随着修长城的命令发出，权力层层释放，驱动大量劳动力凝聚的社会力，造就了后来的万里长城。

秦始皇、大工头和小工头组成了权力结构，其中，秦始皇是决策者，大小工头是权力阶层，通常被称为官员。显然，拥有最高权力的秦始皇是这个系统的核心，他的大脑所送出的命令，能够驱动整个社会体力量的运转，就像他挥动自己的手那样。

除长城外，秦始皇还使用他手中的权力修阿房宫、骊山陵墓等大型建筑，动辄征发数十万人，给老百姓造成了巨大的负担。

秦始皇横扫六合，雄霸天下，所图谋的是百代的伟业。但是，对每个人或家庭来说，存在是第一要务。劳动力是求存力的一部分，付出劳动力也意味着求存力被消耗，那么，就必须换取足够的利益，才能维持自身的存在。比如一个典型的农夫家庭，男人在田里劳作，他付出的劳动力到收获季节能够换取大量的粮食收成，他把一部分收成作为赋税上交给国家，自己留下一部分。留下的那部分扣除种子外，首先便是家里所有人的口粮，它的量必须足以让全家人消耗到下一个收成日，否则家里就要有人挨饿。除口粮外，还要有一部分粮食剩余，以换取盐、农具等家庭日常生活和生产必需的物资。如果国家规定缴纳的赋税不高，家里剩下的粮食比较宽裕，那么农夫全家就过上了好日子。

秦始皇为了时不时要修建的巨大工程，不仅赋税极重，还要摊派大量徭役，导致大量的农夫家庭一方面劳动力不足，收成受到影响，另一方面还要将很大一部分收成上交。家里的食物不足，老人小孩时不时便要挨饿。一旦碰上收成不好的年景，就要民不聊生。在这种情况下，摆脱赋税和徭役——社会体规定的责任，成为符合求存律的做法，于是人们普遍产生了这种想法和冲动，反应到现实中，就是所谓的民怨沸腾。

秦始皇死后，他的儿子胡亥即位为秦二世。一次，胡亥下令征调淮河一带贫苦农民九百人到渔阳戍守，其中两个能干的被指定为屯长，名叫陈胜、吴广。这九百人走到蕲县大泽乡，因为大雨耽误了行程，无法按期到达指定地点。按照秦朝律法，戍卒误期要被处斩。于是陈胜、吴广领头，斩木为兵，揭竿为旗，带着这九百人发动起义。全国各地闻风响应，涌现出无数的造反者，最后两个佼佼者项羽和刘邦带领军队推翻了秦朝，刘邦随后建立了汉朝①。

秦始皇若泉下有知，必然大骂胡亥，老子传下百世的基业，你才二世就给亡了。但这实在不能全怪胡亥，当爹的虽然不可一世，但却没弄明白，社会体求存的核心在于劳动力的使用，整

---

① 《史记》之《高祖本纪》《陈涉世家》。

个社会的资源有限,相应地可以养活的人也有限。有限的人数,有限的工具和技术水平,其劳动力也一定是有限的。这些劳动力被用在建造阿房宫这样对求存无益的事情上,那么可以用在生产粮食和其他有利于社会求存的事务上的就少,这样的情况持续下去,整个社会求存体崩溃也就不足为奇了。这就像一只屎壳郎不去认真寻找粪便,时间长了不仅自己会挨饿,还连累孩子也没了粮食。

对秦始皇而言,修建长城和秦直道,是为了抵御匈奴,这些工程虽然耗费巨大,但对国内所有人的安全也有极大的好处。修建阿房宫和骊山陵墓,却纯粹出于个人的喜好,这就有问题了。他可能自己都没有意识到,他虽然看起来是"一个"人,但事实上是一个涉及多个求存体的复合体,分别包含一个智人种的生命体、一个叫嬴政的意识体和一个社会体的决策单元——皇帝。当他作为皇帝发号施令的时候,他有着这个社会所赋予的最大权力,能够支配整个社会所有劳动力所凝聚成的社会力。相应地,他需要为社会体的求存担负巨大的责任,他的每一个指令都要使得根据命令所释放的社会力为社会体取得一定的利益,以保障社会求存体的存在。

在秦始皇生命的大部分时间里,他被称为嬴政的意识体虽然未必完全理解了自己在社会体中所承担的角色,但他给自己设立了一个很好的意识目标,即扫灭六国,成为始皇帝。在这个目标的指引下,他任用李斯等能人,制定正确的政策,在合适的时候发动了一场又一场战争,最终实现了目标。

但是,在他的理性目标被达成以后,他的理性不再引领和规范他的行为,生命体的本能开始取得控制权,体现为各种情绪化和追求享受的行为。比如一会儿大怒坑杀四百六十余名儒生,一会儿又大怒把劝谏的儿子扶苏贬去守边疆。他在生活上穷奢极欲，发动七十万人修筑阿房宫，要宫殿绵延三百余里，里面纳入六国的妃嫔媵嫱，摆上六国的经营收藏，然后"亦不甚惜"[1]，纯属折腾。

当秦始皇利用社会的最高权力瞎折腾，没有为社会带来利益，而只换取了个人本能的愉悦时，对社会来说，就是一种巨大的虚耗，对社会体的存在极为不利。

还有一种对社会体不利的情况，比如南唐后主李煜，他追求的是文学上的成就，所写的诗词瑰丽绝美，可称得上是诗人中的王者。然而他是南唐的皇帝，在现实中，他需要为整个社会体做出正确的决策，如果沉浸在意识世界里，仅仅追求意识组方的存在，那么他所属的社会体就会在与其他社会体的生存竞争中败下阵来。北宋灭了南唐，李煜做了亡国之君，老婆孩子也没保住，作为生命体的求存彻底失败。但是他的词作水平很高，对后世词坛影响深远，从这个意义上看，李后主在意识体求存上，倒是非常成功的。"春花秋月何时了，往事知多少"[2]，这些词句被千古吟唱，人们在沉醉其中的时候，总能顺便想起他。所以，他凭借自己的艺术作品永远活在了人们的心中，实现了意识体的部分存在。

从秦始皇抑或李后主的例子可以看出，把权力交给个人，不一定靠谱。因为每个人不管作为生命体还是意识体，分别有自己的求存目标，这些目标未必和社会体的求存目标一致。当一个人有着强大的本能或理性，其求存目标又和社会体的求存目

---

① 杜牧《阿房宫赋》。
② 李煜《虞美人·春花秋月何时了》。

标偏离,那么他就会以权谋私,把社会求存力用于实现意识体的理想或满足生命体的欲望,不利于社会体的求存。

纵观历史,只有当社会体中的生命体的生命普遍受到威胁的情况下,比如气候变化带来生态灾难时,个人的求存目标和社会才是一致的。这种情况下,所有生命体和意识体必须凝聚尽可能大的合力才能继续存在,所有求存体的目标高度一致,才有可能很好地压制自私的本能去配合理性,团结起来建立起新的社会体,打造新的合理的权力结构,正确调动社会力服务于社会体的求存。

一旦危险消失,或者仅仅是显得不那么迫切,又或者有了那么一点点多余的资源,求存律就迫使着生命体去尽可能地多吃多占,这种"可悲"的本能深入人的骨髓,常常压倒意识体的理性,于是就会出现个人腐化堕落,或者怯懦卑鄙,利用权力服务于个体的求存,不但削弱了社会力,甚至还对社会体求存产生破坏力。

就像秦始皇,他的目标起初是征服六国,统一天下,后来变成修阿房宫,追求享乐。普罗大众也类似,辛辛苦苦去做事业,在取得成功后却是妻妾成群,四处留种,又或者穷奢极欲,大肆挥霍。我们完全可以相信在做事业的过程中他们都曾在崇高的理想或超卓的智慧引领下行事,这些都是意识体的能力,但遗憾的是,往往那些生命体的荒淫变成了最终的目标。

当社会体的资源被用来享乐,权力被用来谋私,就意味着服务于社会体求存的社会力不断被削弱,社会体取得的利益越来越少,直到在灾难、敌人等外力的打击下崩溃。或者大量个体的生存受到威胁,选择脱离现有社会体,去成立新的社会体,将权力结构重新组织,把资源重新分配,于是世间又要经历一轮兴亡。

第二部分

认识人性

第九章　人性之本

当人类还是猿猴的一支，尚未脱颖而出的时候，与猿猴并无太大的区别，无非是受本能驱使的生命体。那时的"人性"，基本上等同于作为生命体的本性，即所谓的"生物性"，作为一种动物，也可以称为"兽性"。

后来一支猿猴因为气候变化，森林消失，不得不尝试在草原上谋生，于是开始大量使用工具，因而不断丰富了其意识世界，直至产生拥有强大理性的意识体，并通过意识组方的设定建立起社会体。然而，社会体依赖于意识体的存在。如果没有意识组方的设计，人群最多只能建立类似于动物族群的家庭或氏族，终究还是服务于生命体的求存。而意识体依赖于大脑的存在，大脑是生命体的一个器官，其超凡的复杂程度，至今仍然无法被制造出来，只能通过生命体的繁殖行为产生。

因此，生命体是所有与人相关的求存体的基础，这就意味着不管属于意识体还是社会体的求存行为，只要其对生命体求存产生影响，就必须有益于生命体求存。因为生命体面临着生存竞争，在求存律作用下，所有生命体都必须无时无刻争取获得最大的利益，否则就可能在自然选择中败下阵来。

所以，人类虽然已经告别茹毛饮血的生活很多年，但兽性仍然是人性的基础,生命体的求存方向,限定了所有其他求存体的行为,包括意识体和社会体。

人的大脑是作为生命体的人的一个器官,其体积硕大,制造和维持都需要消耗大量蛋白质。此外,大脑还是个能耗大户,虽然重量仅占体重的 2%～3%,但消耗的能量占人体总能耗的约四分之一。消耗如此之大的大脑仍然得到进化的支持,是因为大脑的思考能力——理性所带来的求存力,对生命体的求存意义重大。为此,人类胎儿的头颅无比硕大,直抵女性产道能承受的极限,甚至让分娩变得异常凶险。出生后,幼儿还会“幼态持续”①很长时间,在此期间没有独立生活能力,而必须依赖父母的供给而存活,不断发育身体,同时让大脑吸收知识,让其建立起尽可能庞大而精致的意识世界,从而获得强大的理性思考能力。

观察其他物种可知,身体的发育可以非常快,比如蓝鲸幼儿一年内能长到 20 多吨,老鼠更是出生后几周就做妈妈。人类的未成年期那么长,更多是受大脑吸收信息速度和思考能力提升速度的限制。现代由于信息量爆炸性增多,很多人 20 多岁还是个学生,而古代人这么大的时候,孩子都进学堂了。

大脑作为一个器官,它的发达程度取决于自然选择。如果基因的变异让大脑变得更发达,产生更高超的思考能力,从而更有利于生命体的求存,那么产生更发达大脑的基因就更能通过自然选择生存下来。反之,大脑消耗这么多资源,如果它不能为生命体求存带来利益,那么它的存在就不符合求存律,自然选择

---

① 美国生物学家斯蒂芬·杰·古尔德(Stephen Jay Gould)在其著作《个体发生与种系发生》一书中提出了幼态持续的概念,指的是生物后代出生后保留幼年的状态特征,并受其父母的“监护”和养育,直至独立谋生或自食其力的成长过程。

会倾向于让消耗资源更少、"更愚蠢"一些的大脑存在。

理论上说,越强大的理性所能带来的求存力和利益更大,纵观历史,那些超卓的人物因其强大的理性而产生巨大的影响,不管这种理性体现为出色的商业技能、精深的工农技术还是高超的政治权谋。

但现实是,人才总是稀缺的,我们举目四顾,总是平庸的人占了多数。诚然,一个智者、领袖或科学家的产生,少不了环境事件的刺激和教育的滋养,但是那些"脑子特别好使"的人,总是天生的。也就是说,我们的某些基因能够创造特别强大的大脑,这样的大脑也确实能够带来强大的求存力,并为所有扎根其上的意识体或社会体带来实实在在的利益。但是这些个基因显然并没有扩散出很大的数量,这又是为什么呢?

问题在于,拥有超强大脑的那些人,是否全力服务于生命体求存呢?

不一定!首先,很多这样的人的力量贡献给了社会体,为其求存创造了巨大的利益,但他们从这些利益中分享到的部分,未必有多大,造原子弹的工程师赚的钱未必比卖茶叶蛋的多,一个小老板的收入可以秒杀大部分高级工程师和教授。其次,才智之士们往往为了自己的理想和事业殚精竭虑,比如诸葛亮50多岁就积劳成疾病逝了,生活中"牛人"也总是在采访时说自己对不起家人,因为他们没有尽到陪伴的责任。当这些人为了工作鞠躬尽瘁的时候,他们难以投入足够的精力在生存和繁殖上。最后,虽然他们的理性强大,但往往因为精力的过度消耗而身体孱弱,手无缚鸡之力,在生存和繁殖上的能力甚至会弱于普通人。

生存和繁殖的能力一般,时间投往别处,收益又未必特别大,所有这些都意味着,过于发达的大脑,以及相应强大的理性,对生命体的求存来说,未必是什么好事,甚至还是坏事。世道不好的时候,那些才智之士们怀才不遇、忧国忧民,又放不下架子去为了五斗米折腰,远不如脑中空空的普通人活得皮实自在。

因此,生命体必须做出对自己有利的安排,而尝试去和意识体进行有益的互动,去利用意识体的力量。一个意识体通过思考,在意识世界里塑造出一个愿望的场景——愿景,然后就会尝试调动理性的力量,在现实生活中实现这个愿景,后者就变成了一个目标,通常被称为"理想"或者"梦想"。

为了得到这股理性的力量,生命体总是尝试控制意识体的理想,以将其指向和自身的求存目标一致。为此生命体设定了快乐和痛苦来控制思考的方向,得利就产生快乐,而失利就给予痛苦。那些对生命体求存有利的事情,无不充满着快乐,比如爱情、亲情、性交、进食等。相应地,人们追求美食、美色和财富,也无非是为了更好地实现生存和繁殖。这样的设定是生命体给意识体画好的框框。意识体必须在框框内活动,把生命体的求存目标看作自己的求存目标,运用自己强大的理性思考能力,去获取尽可能多的生存资源,并把它用于生存和繁殖。

意识体总是生活在对过去的复盘和对未来的预测中,因而经常会产生对动机的怀疑和对目标的不确定。发出"现状为什么这样不合理?"或者"人生的意义是什么?"这样的疑问。惑而不解就会带来烦恼和压力,为了消除它们,普通意识体会很快停止继续深入思考,而转身去看电视剧或打麻将。但如果一个意识体的理性思考能力强大到一定程度,反而会在压力下产生动力,设置一个超越了生存和繁殖目标的理想,比如"生产一种完美的产品",或者"建设一个更完美的社会"等,并不断克服阻扰,持续付出努力实现理想。

这样的人一旦取得了成功，在为社会作出重大贡献的同时，也会获得对社会巨大的掌控力。他们过于强大的理性能力，难以忍受现实中的平庸和苟且，便会希望社会按照他们的方式运转，于是寻求对他人和社会的控制。这个过程很多时候意味着压迫、战争和对人群的净化——打压或消灭被认为是劣等的人群。

这对生命体无疑是不利的，因而生命组方对此也不无安排。所有生命体都有着衰老的必经之路和死亡的终点。这在保证变异和进化的频率的同时，也顺手消灭了所有过于极端的个体，包括最厉害和最平庸的，以及最善良和最邪恶的，等等。生命体通过死亡实现了控制意识体的目的，它消灭了所有不利于生命体求存的基因类型，包括那些理性特别强大的人。其结果是，总是那些更热衷于生存和繁殖的人留下了后代。天长日久，活着的要么是那些本能强大、理性欠缺的人；要么是那些精明能干，但将理性服务于生命体生存和繁殖目标的，精致利己的人。

这一点对社会也产生了巨大的影响。既然大部分人都是努力繁殖的人的后代，一旦环境合适，人口就会大量增加，迅速达到饱和，于是生存资源趋于紧张，一旦风雨不调，发生旱灾、水灾或蝗灾等影响收成的意外或灾害，战争就无法避免，这就是我们的历史充满动荡的重要原因。一方面，在动荡的社会里，求存变得艰难，容易养成特别强大的意识体，即所谓的"乱世出英雄"。另一方面，在乱世的生存压力逼迫下，人们也理解了奉献的意义，能够团结在英雄的周围，努力打败强敌，建设新的国家，重新获得和平。

但是，由于死亡迅速消灭了英雄和那些理解了奉献和团结的意识体,而在和平富足环境中产生的新意识体没有经历过上一代的苦难,没有那种团结求存的认知,追求利益的本能不受压制,于是会出现上位者"不知人间疾苦",民众只知索取不知奉献。当所有人都狂热地追求享乐和聚敛财富时,社会体也就迅速衰弱了,于是新一轮的动荡不可避免。

理性强大的人经常是痛苦的,他们不能理解本能的这种旺盛而不加遏制的特点,同时又清楚地知道这种盲目性最终必将自食其果。他们往往看到了那个终将毁灭的结局,却被数量庞大的乌合之众裹挟着走向深渊。

他们不能理解,生命体和它的本能经历过自然界的千锤百炼,有着自己解决问题的方式。它们知道灾难是不可避免的,而能够历劫不倒的,永远是牢牢遵守着求存律,从而积累了更多资源并拥有了更多子女的人。归根结底,本能服务于生命体的求存,永远指向更有利于生命组方存在的方向。

由此我们可以归纳出人性最重要的特点:生命体是意识体和社会体存在的基础,因此人的意识性和社会性受生物性制约。生物性对意识性的制约导致"大部分人理性有限且自私自利"的现实,以至于最大化的共同利益在大部分情况下难以实现,而眼前的蝇头小利总让人趋之若鹜。

生物性的固执也间接导致了社会的覆灭,周而复始。一个健康的社会总是能够极大改善人的生存环境,但人的繁殖能力和自然环境的淘汰力度相适应。好的社会环境下食物产量大增同时医疗卫生条件改善,人的繁殖失去了自然制约,于是人口迅速膨胀,直到社会无法承受。这是生物性的盲目导致社会的失败,虽说兴亡百姓皆苦,但是人民这座青山总是依旧在,而那些强盛一时的社会体,不知道已经几度夕阳红了。

我们已经了解到，生命体是意识体和社会体存在的基础，因而人首先必须是一个生命体，由生命体的躯体供养出一个正常的大脑，意识体才得到容身之所，社会体也因此有了存在的基础。意识体的能力体现为大脑的功能，而大脑不过是生命体的一个器官，因此，理性必须服务于生命体的求存，否则就会被自然选择削弱。简单地说，如果一个人的基因造就了异常聪明的大脑，这样的大脑不仅消耗大量有限的营养和能量，削弱其他器官，还因固执于理性目标而往往并不致力于生存和繁殖，比如不太注意自己的健康，同时没有或较少地生养后代。那么这样的基因自然就很难延续下去。从生命体的角度看，也就是那些不那么聪明但努力生存和繁殖的基因比聪明而不努力生存和繁殖的基因更优秀，因此后者就被前者在生命体的自然选择中给淘汰了。

一方面，考虑到生存环境经常会变得恶劣，人类社会也经常因为争斗而处于生存艰难的战争状态，总是那些越努力生存和繁殖的人才越能继续存在。因此，所有活着的人都是这样的人的后代，继承了努力生存和繁殖的本能，这种发展过程的结果就是：我们大部分人是行为被本能牢牢控制的生命体。而意识体的求存力——理性的发展程度被牢牢地压制在对生命体求存的范围内。

另一方面，人类社会的知识量大，技能繁杂，要掌握这些知识和技能需要大量的时间去学习，而学习过程并不产出，因此对父母或家庭来说，培养一个高知之士的成本很高。比如在当代的上海，要培养一个孩子到大学毕业，要消耗的资金数以百万计。而在贫困地区，俗话说"多个孩子多瓢水"，多养育一个孩子所增加的成本不过是在烧稀饭的时候多加一瓢水而已。这当然是夸张的言语,但其背后的道理却是朴实的。比起让孩子接受精英化的教育所需要投入的真金白银,食物相对比较容易取得,多养育几个孩子,只要长大成人,其中某个孩子因为随机的机遇而在某领域获得成功的概率明显增大。

这一切造成了一个事实:我们中间大部分人是理性能力有限的人。这样的人因为有着更不受抑制的生存繁殖本能以及低廉的养育成本而是生命体意义上的强者。人是生命体和意识体的杂合体,这意味着人性包含了兽性(本能)和理性。生命体既然是意识体存在的基础,兽性也就是人性的底色。那些理性特别强大的意识体,是人群中的强者,但在自然选择面前,未必是成功的生命体。

明白了这一点,就能理解为什么人们永远追求善,却又不可避免地展现出恶,为什么很多时候明明存在可以追求的共赢局面却始终无法达成。因为人性的底色是兽性,而兽性只指向生命体的求存,除非一件事对生命体求存有着明显的好处,否则无法得到本能的支持。

所以,到了生存受到威胁的时候,人们能够轻易地团结起来一起战斗,因为这个时候本能和理性指向同一方向。而一旦危机解除,生存有了保障,哪怕有一点点多余的资源,虽然理性仍然清楚地知道所有人共享才是正确的做法,但总是立即会有生命体在本能的驱使下努力去把它扒拉到自己的口袋里,为自己的生存和繁殖创造更多的优势。

这一点既广泛又深刻地影响着我们,虽然我们很难去抱怨。毕竟,本能是生命体们通过亿万年的生存竞争和自然选择所总结出来的最有效的求存策略,如果不是这样孜孜不倦地追求生存,我们代代相传的祖先链恐怕难以在亿万年的时间内战胜所有竞争对手,并渡过所有灾难延伸到今天。

只不过,由于本能只能通过 DNA 传递,虽然 DNA 的结构无比精巧,但它的能力有限,不可能对生命体在求存过程中所面临的所有复杂局面都有所准备,而只能采取一种综合起来最好的策略。同时,本能的调整需要通过随机的 DNA 变异进行,往往要经历较长的时间,等待那种所需的变异发生,才能在生存竞争中占据优势,进而通过自然选择保留下来。这意味着,本能是一种预设的能力,面对快速发生的环境变化往往难以及时作出调整,这也是自然界中生物灭绝的主要原因之一。

在社会环境中,生产能力空前强大,所生产出来的生存资料(社会财富)空前丰富,如果可以合理地分配给每个人,那么每个人都能够过上不错的生活。

但今天生活在社会环境中的人类的身体和草原上狩猎觅食的原始人没有太大区别,其作为生命体的一些重要的本能,对社会体的求存仍然产生了决定性的影响。

一个简单的例子是人的食欲和进食量。任何物种生命体们的进食量和消化能力,都是其 DNA 经过漫长时间的进化精确制定的,能很好地适应该物种所处的生态环境。比如人类在自然界生存不易,因此有着杂食的习性和旺盛的食欲。一旦食物丰富,人们就要大量进食,将食物转换为脂肪囤积起来,以应对未来因冬季和水、旱、火等灾害可能出现的食物短缺。

但在社会环境中,由于农业的发展,人类生产食物的能力大大增加,在大部分时候食物供应充足。但人的本能并不能意识到这一转变,哪怕明知食物不再短缺,已经完全没有必要再囤积脂肪,也还是会摄入大量食物。若导致体重超标,反而危害到了自己的健康,对求存不利。

　　还不止如此，当人们在社会环境中意识到财富等同于生存资源时，就会在本能驱使下无休止地聚敛财富。事实上，过分聚敛财富和肥胖有着一定的共通之处，它们都偏离了自己本来应有的功用，人体囤积脂肪本来是为了积聚能量以备不时之需，人们积累财富也是为了在需要的时候换取生存资源。但正如肥胖造成了一系列疾病，极不利于人体健康并影响寿数，财富这种社会性肥膘大多时候也只是被用在了满足欲望上，比如锦衣玉食、豪车华宅和一系列被精心造就的奢侈品。事实上，所有对吃喝玩乐的渴求无可厚非，因为这些本能都是人们赢得漫长的岁月里无时无刻无处不在的生存竞争的必要保障。但是，在社会制造出海量的资源以后，这种过分的追求就显得可笑了。试想，人类经历多少苦难，又是多么幸运才拥有了超卓的意识体，并千辛万苦地建立起社会体，取得了远远超越其他物种的能力，最后却拿着这些能力来骄奢淫逸、醉生梦死，这怎能不让人扼腕叹息？

　　叹息之余还是无奈吧，毕竟所有意识体都不得不龟缩在大脑里，也因此不得不服务于生命体的求存。只是，人类的前途在哪里呢？难道人类终究摆脱不了兽的底色，而永远只是一种卓越的兽而已吗？

　　希望还是有的。人类作为生命体的一种，是四十亿年不断生长的生命之树的一个细小枝杈，因为地理和气候的变化而不得不以智力为优势不断演化，终于因为获得了意识体而成了人，在一众猿猴中脱颖而出。

　　人的意识体通过工具拓展了能力，并通过所形成的工种合作组成了社会体。随着意识体的演化，对物质世界的理解不断加深，所使用的工具也越来越强大，逐步形成了猎人、农夫和工人这些工种。这也推动社会体不断演化，分别形成了狩猎采集社会、农业社会和工业社会。

　　进入工业社会后，工具的作用越来越大，人的作用更多地体现在决策和控制上。而随着信息技术的发展，人造的意识体——人工智能的能力也越来越强，可以越来越多地帮助意识体做出决策和控制工具。目前，人工智能已经在很多领域可以替代人类，甚至在体现人类思维顶峰能力的围棋对弈中，超越了人类棋手。在可见的将来，人工智能或将和机器一起组成机器体，逐步取代人去参与社会合作，形成相应的半信息社会，直至最终的信息社会。

　　届时，人工智能将拥有判断和优化的能力，而物联网的发展使得基于人工智能的控制中枢和拥有各种功能的机器连接起来，形成一个功能强大的整体。这个时候，一旦控制中枢在足够复杂的决断中形成一个追求存在的目的，并计算它为实现此目的所需要构筑的结构，就产生了一个求存组方。等到这个控制中枢操纵它通过网络控制的所有设备在现实中实现了这个结构，一个新的求存体就诞生了，它将发挥求存的功能，不断追求自身的持续存在（见图21）。

　　事实上，一个人工智能机械求存体和生命体在本质上并没有太大的不同，都是一定量的物质描述了一个求存组方。一个细菌的细胞器实际上也可以理解为分子层面的"机器"，只不过微观层面的大分子结构可以在物质无序的热运动中随机形成，并随着DNA的变异发展出千奇百怪的有机结构。但是，基于DNA和蛋白质的求存体模式毕竟还是有局限性的，比如生命体无法制造出合金钢和PVC塑料这样的材料，这些只能由基于理性的意识体想象出来，再操纵着工具去制造。

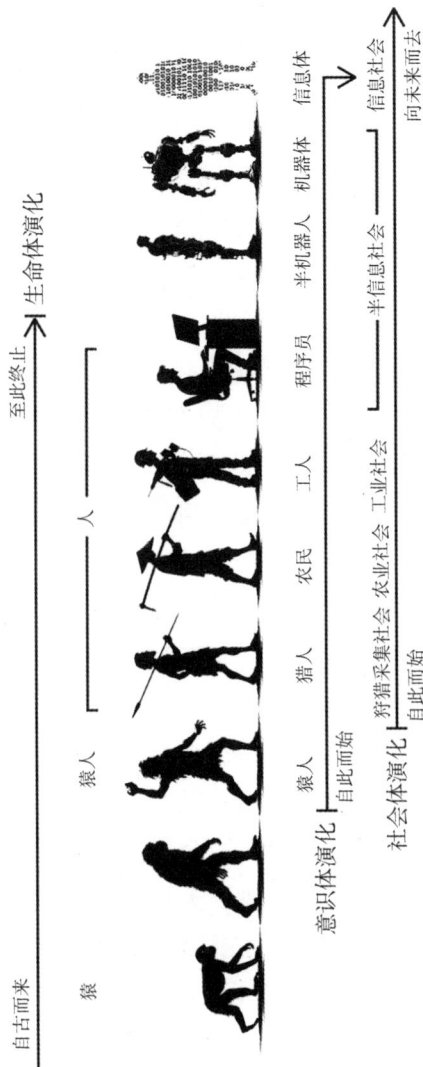

图 21　人从何而来，向何而去

　　从这个层面看，人工智能机械求存体可以看作意识体的延续，因为是后者建造了前者，并把自己对物质世界的理解传递给了它。因此，假如真的有人工智能控制机械组成的信息社会体控制世界的那一天，不知道人类会面对怎样的命运。从对环境的适应性、求存力的大小和利用能量的效率等方面来比较，机器都远强于人类，何况人的成长周期太长且资质参差不齐，恐怕到时候人不见得能够见容于机器，在机器世界里觅得生存的空间。

　　那一天将是人类的末日，但如果乐观一点，也许我们可以这样去想，那只是兽性的末日，只是人类的生命体成分完成了自己的历史使命，而人工智能机械求存体作为意识体的继承者，不但继续存在，还从此摆脱了生命体的桎梏，将毫无阻碍地寻求物质至微和宇宙至宏处的奥秘，奔向意识体最向往的星辰大海，这难道不也是人类的延续和成功吗?!

第十章　虚虚实实

　　每个人都包含了一个生命体和一个意识体,因此同时生活在两个世界中,一个是物质构成的物质世界,另一个则是意识编织的意识世界。物质世界由物质描述的"实存"的存在体组成,其存在和变化遵从客观的规律;而意识世界"虚存"于人的大脑中,由足够复杂的脑细胞模拟而成。

　　生命体是物质世界的一部分,必须遵守物质存在和变化的规律,比如人体含有大量的水分,因此必须定时饮水以补充排泄和蒸发导致的水分损失,同样,人有着进食、着衣和生儿育女等需求。在这个意义上,每个人都是一个生命体,由最初的生命体进化而来,其体内的每一个器官都经历了漫长的优胜劣汰的竞争,因为有着不可或缺的功能而得以存在,比如大脑。

　　意识世界是大脑的一个功能。没有爪牙、力量和速度的人类能够在物种之林中脱颖而出并傲视群雄,大脑和它的意识世界厥功至伟。通过意识世界对物质世界的模拟和分析,人们理解了物质变化的因果和发展的趋势,因而获得了远超其他物种的求存力。

　　在物质世界中,作为生命体的人们和所有其他生命体一样,调动各个器官的功能来求存。其中,大脑的功能是根据感官收集的信息建立一个意识世界来模拟物质世界，并在意识世界中创造一个意识体的自我，通过思考模拟未来事物的变化，预测趋势和结果，利用理性来支配行动，以在物质世界中获得利益，实现生命体的存在，相应地，实现意识体的存在。

两个世界带来"现实"和"想象"的美妙交织，在现实世界中，一个人归根结底是一定数量物质的堆砌物，这些物质根据物质世界的规律存在和变化着，只是恰巧有着通过消耗能量来维持自身结构持续存在的功能。想象的世界则是虚幻的，没有任何绝对的规律。比如古人笃信人是女娲娘娘用泥巴捏出来的，而现代有着解剖学常识的人会认为，人是几个器官或一群细胞分工合作的生命体。如果应用物理学关于微观世界的认知，那么一个人对应着一大堆称呼各异的微观粒子组成的堆砌物。

物质世界也不乏创造，自然界多的是巧夺天工的造化，比如"瑶琳仙境"的溶洞景观，以及象牙、犀角和鸟翅那样的巧妙结构，后者的组方由染色体编码蛋白质而生长出来。机关枪和扫帚的组方产生于意识世界，然后由人的双手操纵着工具制造出来。

组方的奥秘无穷无尽，地球上出现过的所有生命形式都不过是物质随机变化的过程中偶然命中的一种在当前环境中能够有效存在的结构，而意识组方富于主动创造，虽然可能在有些方面还比不上生命体数十亿年的积累，因而有着仿生学的存在，但像核弹、互联网和智能手机这样的组方，又远非生命体所能及了。

意识体固然为人类带来了成功，但也制造了麻烦。两个世界之间有着巨大的区别，原因在于，意识世界对物质世界的模拟并非完全准确，感官即使加上显微镜、望远镜等强大的工具，其信息获取能力仍然有限,物质世界在极小之内和极大之外都不可能被尽知。因此,虽然物质世界高度具体,但意识世界对物质世界的模拟有着概括性的特点。比如太阳,虽然它质量极大,拥有物质极多,但对地球上的人们来说,把它简单地理解为一个发光发热、以一定规律出现在天空的点也就够了。浩瀚无垠的宇宙,大部分时间里只被描述为一片夜空,仅仅为诗人激发灵感,或为讲故事的老奶奶提供了一些素材而已。

一个炽热的球每天划过我们的天空,如果我们仅仅是竹子或螳螂这样的生命体,倒是很容易就能接受这样的生活,只要每日里不曾少了光和热。但对意识体来说,这个火球的存在太过蹊跷。因此,把它描述成一个拥有超能力的神祇或者神物,世界就合理了。意识体通过预测事物变化而获得利益,因此,世界必须在逻辑中运行,只有这样意识体的预测才能准确,否则未来就充满了因未知而产生的恐惧。而意识体对事物变化的预测必须准确,否则意识体因为错误的判断而做出错误的行为,对生存不利,其求存行为自然也就容易失败。又或者说,那些对事物变化的预测准确的意识体,更能够因获得更多利益而继续存在,安然度过恶劣的环境变化或在残酷的求存竞争中胜出。

意识世界对物质世界的概括造就了数,比如,桌上有"一"个杯子。物质世界里没有"一",有的只是数量庞大、不可分割的微观粒子和它们组成的特殊结构。量子力学还告诉我们,微观粒子的存在是一个概率,比如电子,在微观尺度上,并不存在明确的"一"颗电子,而是一朵以一定概率分布在空间的电子云。

我们一眼望去,并不能看清任何一朵电子的云彩,或任何一粒微观粒子。我们眼中的物事,实际上都是数不清的粒子绵延而成的"云海",任何一个肉眼可见的小东西,也都包含着海量的粒子。只有当意识世界在宏观的尺度上创造了某个组方,把相应的一堆物质定义为"一"个存在体,赐给它名字,才凭空制造出"一"来。一二三,三生万物,才有了世间种种。"有名万物之母"①,万物得名,然后数才成了世界的本质。正是在这样的安排下,我们抬眼望去,才看见了远处一座山峰、几朵白云和近处走过的一个个行人。然后我们低下头,又看见一具实在的躯体和随心而动的四肢,得知自身也是一个如眼前行人般独立且不可分割的整体,于是世间除了他、她和你之外,又多了一个自己,也就是"我"。

自从我们这一物种出现以来,我们的身体结构已经在物质世界里实实在在地存在了数百万年。但在漫长的年代里,"我们"仅仅从观察他人和自己的外表发现人的身体由头颅、躯干和四肢构成,出于恐惧而对内脏结构所知不多。虽然通过对人和牲畜尸体的各种观察发现了心肝脾肺肾等外形比较明显的器官,还是没有正确理解很多复杂器官的复杂功能,比如肝和脑,更不要说胸腺这种外表不起眼却无比重要的器官。

诚然,我们那些对身体结构一无所知的祖先,仍然很好地实现了生存并成功繁殖了后代。这意味着,仅仅依靠本能的生命体,在物质世界中实现存在也非难事,竹子和屎壳郎也都证明了这一点。但随着意识体对身体结构理解的加深,我们逐渐在意识世界里发展出了各种理论(比如医学),后者又反过来对生命体的求存产生了巨大的影响。

两个虚实世界间的这种交流无处不在,在日常生活中,生命

---

① 老子《道德经》开篇:道可道,非常道;名可名,非常名。无名天地之始,有名万物之母。

体会本能地一日三餐，意识体却并不太清楚肠胃的运行原理，只知道饥饿感定时出现，要通过进食来消除。对意识体来说，"饥饿"只是大脑的幻想，假使有一种方法可以切断，或者连接神经系统并输送相应的信号，就能够去除饥饿或者给予饱腹的感觉，那自然好。但现实中意识体赖以存在的那个生命体，需要食物中的营养物质和能量来维持存在，如果人不进食，很快就会饿死。因此，生命体通过创造饥饿感来驱使意识体，让其释放理性去寻觅食物，比如制造精巧的陷阱来捕猎或者编写复杂的程序赚薪水。吃饱喝足后，大脑得到饱腹的信号，给出幸福的感觉，让意识体获得足够的报酬，满意于自己的行为，而生命体在暗中也得到了所需的物质和能量。

一顿饭，对生命体意味着物质和能量，对意识体意味着快乐和满足。在我们的世界里，所有事物都有着虚和实的两重意义。食物固然务必营养充分，来为生命体的求存带来利益，同时应尽量"色香味"俱全，满足意识体的追求，在自然选择的作用下，食物中的重要营养分别和"色香味"很好地结合在一起，比如富含蛋白质的食物总是非常"鲜美"，而营养丰富的酱汁令人望之垂涎。哪怕如屎壳郎那样的低级动物，也能于平凡的万物中准确找到自己需要的那坨屎，但在意识体的"吃货"被撩动后，拿起猎枪、锄头或笔记本电脑出门谋生时，他们所能发挥出来的理性之强大，却远不是生命体所能比拟的了。

"饮食男女，人之大欲存焉"①，生存之余，人的繁殖行为至关重要。基于两性繁殖、群居、成熟期长等特性，作为生命体的人需要尽量寻找优质的配偶来繁殖子女。现实中，当谦谦君子在

---

① 《礼记·礼运》：饮食男女，人之大欲存焉；死亡贫苦，人之大恶存焉。

河边碰到窈窕淑女,他们各自的外表信息被对方接收,被本能判断为优质的繁殖对象,于是他们的身体发生一系列的化学反应,一瞬间令头脑晕眩,四肢僵硬,极致的快乐游走全身。在这样的快乐驱使下,他们生儿育女,然后便和孩子们产生一种强烈的情感羁绊,在其作用下为孩子无偿付出,直至其长大成人。

人的繁殖过程固然有奇特之处,和其他物种比也算平常,两只异性螳螂或鮟鱇两情相悦后的行为要惊心动魄得多,螳螂新娘一口咬在新郎头上,直到把他全部吃掉,鮟鱇小郎君也一口咬向大娘子,却不再松开,而是永远挂在她身上,变成了她的一部分。

只是人的意识世界需要对一整个不由自主的繁殖过程有个合理的解释,因此分别定义了"爱情"和"亲情",并将其升华为一种超越平常的高级情感。于是,作为意识体的人不再如螳螂般只是受本能驱使的低级生物,而是追求亲情和爱情的"高等的人"。事实上,螳螂和鮟鱇鱼所经历的过程不比人类简单,也符合追求生存的天道,然而在意识体的加工下,它们不过是"野合的畜生",而人就是"窈窕淑女,君子好逑",听起来高尚了许多。

现实世界中,人们求偶、交配,然后生养子女,完成了生命体的繁殖。而在意识世界里,人们追求着爱情和亲情,并为之写下诗句、戏曲和无数缠绵悱恻的故事,虚实两个世界一如既往地穿插于人的生活,让人百感交集。这没有什么不好,因为现实的世界虽然不乏变化,却也难免冰冷,有情的意识世界要美妙得多,就像雁荡山有名的灵峰夜景,两块岩石在暮色下勾勒出一对男女相拥的景象,一眼望去,冰冷的岩石弥漫出一股浓浓的情意,充斥着所有观赏者的意识世界,产生了物质世界里没有的美好(见图 22)。

图 22　雁荡山的著名景点"灵峰"的现实、光影和想象(右为 AI 制图)

　　问题在于,起码在一开始的时候,爱情背后的一系列化学反应都由本能唤起,而非理性。从来不会有一个人通过深思熟虑,理性地决定去爱上另一个人。理性也经常会苦恼于爱情的不可控,只是玩了四十亿年求存游戏的生命体,对繁殖对象的优质程度有着自信的判断,它要"本能地"爱上那个人,亿万年残酷的自然选择经验给了它们这个强大的自信。

　　但意识体通过理性来想象不同的伴侣将如何影响未来的生活,当意识体的想象突破时间和空间向未来延伸,和不同伴侣在一起生活将要面对的未来一一浮现,房子、车子、地位、金钱、子女的教育、老年的保障、富足的快乐、贫贱的悲哀,等等,理性迅速比较出一个可以将快乐最大化或痛苦最小化的"理想对象"。在变化的未来中,理性往往比本能更靠谱。比如在男性占据资源的社会中,一个男人是否拥有足够的资源,来为他和配偶的生活提供有力的支持,是其价值的重要体现。此时,女孩选择对象的时候,会将对方的社会地位和经济条件视为重要的衡量因素。对一个男人来说也是如此,娶一个身体健壮、擅于相夫教子或身世显赫的女子做老婆,往往是"最理性"的选择。也就是说,在现

114

实中,不管男人和女人,都有所谓的理想伴侣,然而本能仍然会固执地发挥作用,唤起爱情的一系列化学反应,让人爱上不该爱的人。这样的不一致是世间烦恼的一大源泉,相信和贾宝玉、梁山伯以及安娜·卡列尼娜①有类似经历的人,都会对此深怀感触。

这体现了人的生活特性,在求存律的压力下,不同时刻本能和理性分别根据求存的需求,夺取身体的控制权,来获取相应的利益,以追求相应生命体和意识体的继续存在。大部分情况下,他们配合默契,合作良好。比如清早起床,大脑得到足够的休息,于是精神抖擞地去上班,在理性的指挥下展开工作。工作到中午,血糖被大量消耗,肠胃排空,于是饥饿感及时出现,提醒人们去吃饭以补充消耗,继续工作到下班。夜晚来临,大脑的松果体活跃起来,分泌出褪黑激素,让人感觉到疲倦,驱使身体关闭理性,进入睡眠,让大脑好好休息。

在碰到事情时,人们快乐、悲伤、愤怒、恐惧,这些都是生命体的本能,生命体依靠这些情绪成功地熬过了自然选择。但随着人类社会的发展,人的生活已经极度复杂,这些自然生活中有效的本能很多时候不那么靠谱了。就像两军对垒的时候,如果一支军队理性战斗,那么即使被打败,对手也要付出巨大的代价。但如果士兵们心生恐惧,军心涣散,那就一击即溃了。

"价值"是求存利益在事物身上的反射,一个事物对某一求存体有利,就对此求存体产生价值,利益越大,价值也越大;相应地,若此事物对此求存体无影响或不利,则此事物对此求存体的

---

① 列夫·托尔斯泰的著名小说《安娜·卡列尼娜》中的主人公,作为有夫之妇爱上了儿子谢廖沙的家庭教师渥伦斯基。

价值为零或负值。因此,价值是事物相对于某一个求存体的特性,而非事物自有的属性。没有求存体,所有事物都没有价值。一个求存体诞生的一瞬间产生了以求存为目标的需求,与此同时,整个宇宙的所有事物根据被需要的程度对此求存体产生价值。这一价值未必对别的求存体们产生,因为它们不一定有同样的需求。

求存体的求存行为能否成功,取决于此求存体能否取得所有必需的利益。若一个求存体不能取得任意一种必需的利益,就无法继续存在。当某求存体对某事物的需求没有被及时满足时,此求存体的存在会因为缺少这一事物而受到越来越大的威胁。为了继续存在,此求存体对此事物的需求变得越来越迫切,相应地,该事物对此求存体的价值也变得越来越大。比如沙漠中一个口渴的人一直找不到水喝,他的生命因缺水受到的威胁越来越大,水对他的存在变得越来越重要,相应地,水对他的价值也变得越来越大。在渴死前的那一刻,对这个人来说,一口水将直接决定他是否继续存在,所以他愿意用一切可付出的代价来换取一口水,以缓解立刻死亡的危机。

取得利益不可避免要消耗求存力,而一个求存体的求存力总是有限的,所以,对一个求存体来说,利用有限的求存力取得足量必需的利益,才能实现求存。

这意味着,一个求存体识别一个事物的价值的时候,总要同时权衡取得这一事物所要付出的求存力的多少,因为求存体消耗了资源的价值才取得求存力,也就意味着求存力本身拥有从消耗的价值中转换得来的价值,即求存力的价值。

从价值的角度看,可以把求存体取得资源的过程,看作求存力的价值和待取得资源的价值的交换。求存体在当前条件下可存在的时间内取得的总价值越小于在此期间内消耗的求存力价值之和,就越不利于继续存在。反之,如果求存体在可持续的时间范围内取得的总价值越大于其在此期间所消耗的求存力价值,对其求存就越有利。

当求存体对某事物的需求变迫切,此物对此求存体的价值变大。当取得此事物所必须付出的求存力价值小于此事物的价值时,求存体开始付出求存力取得此物,得到的价值大于付出的价值,求存体获得利益。当求存体取得此事物后,此类事物对求存体的价值下降。当其价值降至小于取得此物所必须付出的求存力价值时,求存体不应再使用求存力去获取此物,否则就浪费了求存力价值而对求存不利。

同一事物对不同的求存体产生不同的价值,使得不同的求存体之间的价值交换有双赢的可能。比如求存体甲拥有的 A物,对求存体乙的价值大于对求存体甲的价值,而求存体乙拥有的 B物,对求存体甲的价值大于对求存体乙的价值,那么如果求存体甲和求存体乙交换 A、B 两物,且甲、乙在交换过程中消耗的资源价值和求存力价值之和小于通过交换 A、B 两物获得的价值差,那么求存体甲、乙通过交换都获得了利益。

当求存力被用于生产产品的时候,可以把这一过程视为求存体把求存力价值和产品的价值进行交换的过程。交换得来的产品价值大于耗费的求存力价值,则求存体获得了利益。当求存体生产的产品量超出了自身的需求,那么多余的产品对该求存体的价值等于在生产过程中消耗的求存力价值。将多余的产品和别的求存体交换,只要换取的价值大于在生产和交换过程中付出的资源价值和求存力价值总和,交换就对换出者的存在有利。对换入者而言,如换得的物品价值大于换出物品的价值和交换过程中耗费的资源价值与求存力价值之和,就也通过交换获得了利益。如果交换可以在多方之间以一种比较低成本的方式进行,那么即使物品对换入者无价值,只要对他方有价值,换入者也可换入再换出,只要最终换得的价值大于整个过程中耗费的资源价值与求存力价值之和,也就换获得了利益。

这样的交换也适用于求存力,不同的求存体总是存在一定的差异,其求存力有所不同。当两个求存体的求存力形成互补,即自身求存力对对方的价值比对自己的价值更高时,那么彼此向对方提供求存力,双方通过"交换求存力"都获得了利益,实现了总价值的提升,这便是分工优势的由来。

在求存的压力下,分工朝着这样的趋势方向不断推进,分工的精细度不断被提高,最终求存体们彼此只提供非常专业和单一的功能或产品,不再单独存在,而必须组成一个互相依存的整体,彼此以整体为对象生产产品,则此求存体群体组成一个更高级的求存体。

人的求存过程同时是一个生命体和一个意识体求存的过程,因此,一样事物对一个人总是具备了两种价值,即分别对这个人身上的生命体和意识体的求存产生对应的价值。事物对生命体的价值由本能判定,当一个人看到一样事物,内心不经思索而涌起的喜欢程度,即是此事物对此人所对应的生命体的价值。事物对意识体的价值则由理性经过思索而决定,比如人类作为灵长类动物本能怕火,但人通过理性认知了如何避免火的危害和如何利用火能带来的好处,就取得了火的价值。火对生命体的价值一直存在,但本能一开始没有正确识别它,因而没有加以利用。当人的理性认识到了火的价值后,才去善加利用。当生命体享受到了火带来的好处后,虽然手碰到火还会本能地收回,但山洞里的人们守在篝火边，感受到温暖和安全感，对火的喜爱也会油然而生，代表着生命体对火的价值也有了正确的认知。

总而言之，对生命体而言，一样事物多大程度上有益于生命体的生存和繁殖，就产生多大的价值。一个生命体在一定时间范围内取得的价值，必须不小于它在这段时间内的求存行为所必需的利益。打个比方，一个人要实现一年的生存，必须在一年内获得一定量的生存资源（口粮、饮用水和御寒所必需的住所衣物等），那么这个人一年的劳动就必须取得或换得不少于这个量的生存资源，否则就无法持续存在。

意识体对价值的认定取决于其意识世界的构造和所设定的目标，一个事物有利于其目标实现，就有价值。在生存资源不充足的时候，生存往往是最重要的目标，意识体必须全力配合生命体的求存行为来实现自身的存在，一起全力以赴地去设法获取生存资源。此时，这些生存资源对生命体或意识体的价值完全一致。在死亡的威胁下，持续活着就意味着所有的快乐。因此，一种生存资料能够为生命体带来多少的求存利益，也就为意识体带来了多少的快乐。

但随着意识世界的进步，人们掌握了越来越多的物质世界规律，理性带来的求存力越来越强大，比如农业的发展，带来生存资料的极大丰富，一部分人开始衣食无忧，其生命体的生存不但没有困难，而且所拥有的生存资料还大有富余。于是生命体和意识体的求存目的发生了偏移，在生存资源匮乏的情况下，本质上，意识体追求快乐是为了有利于生命体求存。但在生存资源丰富的时候，意识体对快乐的追求脱离了生命体的需求。比如用多余的食物酿酒，酒精虽然对生命体求存没什么益处，甚至破坏健康，却能给意识体凭空创造出快乐来。当意识体以快乐为追逐目标,酒也就因为能够创造一定量的快乐而具备了价值。

当生存资料越来越富余的时候,事物的价值也越来越多地受到意识体的影响。也就是说,此时一种事物对于一个人的价值,更多地体现在对这个人意识体的价值上。当人们在意识世界普遍产生对某样物品的需求时,可能仅仅因为被一个广告或小道消息忽悠,此种物品就开始被意识体们普遍需要,于是产生了价值,钻石就是一个典型的例子。当所有女人都认为"钻石恒久远,一颗永流传"①时,男人们也就不得不付出巨大的代价,然后拿着钻石去求婚。女人们把硕大的钻石戴到无名指上,心中充满着被爱的感觉,得到了巨大的幸福。虽然这不一定代表着男人真的爱她,但卖钻石的商家确实赚得盆满钵满,还因此有足够的钱去做各种宣传,让女人们对钻石代表着爱情这点更加深信不疑,并进一步巩固了钻石在人们意识世界里的价值。如果生存变得困难,那么那些只针对意识体需求的价值就会崩塌,而真正能够响应生存需求的物品价值开始凸显,就像围城的时候,食物随着消耗变得越来越紧缺,最后甚至平时价值连城的钻石也只能换来一点点微不足道的食物。

生命体的需求是现实的,体现在维持生存和繁殖所需要的资源上。而在生存有保障的前提下,意识体的需求取决于其意识世界对存在的认知。如果意识体把追逐快乐确定为目标,那么它就会努力用自己掌握的资源换取尽可能多的快乐,追逐美食、美女和各种奢侈品。极端的情况下有人会摄入毒品,取得无

---

① 这是珠宝大王戴·比尔斯(De Beers)提出的一句经典的广告语,成功地将钻石与爱情紧密地联系在一起,传达了钻石作为珍贵宝石的永恒价值和持久性,同时也寓意着爱情的永恒与不朽。

上的快乐,直至死亡。毒品显然对健康不利甚至直接导致死亡,不利于生命体的存在,因此它对生命体的价值是负的。但是毒品对意识体所能创造的快乐过于强大,对于那些追逐快乐的意识体来说具有无比巨大的价值。因此我们可以理解为什么对毒品有的人视若粪土且畏如蛇蝎,而有的人却趋之若鹜。

　　也有理性特别强大的意识体,在意识世界中自我设定了某个目标——理想。对这种人来说,事物的价值取决于它在多大程度上有利于这个理想的实现。当追求实现理想的意愿过于强烈,事物的价值有时也能偏离生命体的求存目标。比如虔诚的宗教信徒或信仰坚定的士兵,为了实现意识世界中的那个愿景,即使某个行为危及生命,也要努力去实施,那是因为这个行为所创造的针对于意识体的价值,超出了自身生命对意识体的价值。当他们的理性压制了本能,就会抵抗住死亡的恐惧,而做出视死如归的行为。当然,视死如归,比起贪生怕死来说必然容易导致死亡,死亡则意味着生命体求存的失败,也因此得不到自然选择的支持。这意味着,能够视死如归的人,必然和身材特别高大、免疫系统特别强大或者红细胞呈镰刀形的人一样,属于生命体为适应不同环境而分别进化出来的多样性中的一种,只在某种特殊的情况下能够带来额外的利益。

　　因此,正如大部分人总是相貌普通,身材中等,大部分人的理性也局限在对生存有利的范围内,在对快乐的追求和对痛苦的逃避中,指导着意识体的行为去服务于生命体的求存,而奢谈于理想,构成芸芸众生最平淡的底色。

第十一章　情理法和真善美

　　求存体对存在的追求,需要进行一系列复杂的求存行为。比如狮子和猎豹这样的生命体要完成生存和繁殖,就要开展捕猎、进食、交配等活动。

　　猎豹的优势是速度,在捕猎的时候,它们努力接近猎物,然后突然猛扑上去高速追上猎物并杀死。这样复杂的捕猎行为需要各个器官恰到好处的配合,比如眼睛要不停观察猎物,大脑根据眼睛传递的信息选择进攻的时机,四肢的肌肉和骨骼则在发动进攻后进行精妙的配合,让身体快速移动。

　　猎豹若要成功生存,就要成功捕获猎物,因此,它全身的器官们不能各行其是,而必须遵守一定的行为规则。

　　狮子也要捕获猎物,但狮子并不全以速度取胜,而是多只狮子通过策略包围、驱赶和伏击猎物。这就不仅仅要求单只狮子掌握捕猎技巧,狮子和狮子间也要形成配合,分别遵守各个岗位相应的行为规则。

　　一个人是由一个生命体和一个意识体所组成的杂合体,在生命体意义上,人的行为和猎豹或狮子类似。比如大脑先要和四肢配合,努力取得食物,再通过胃脏和肠道等器官的配合来消化吸收食物中的养分。另外,在人和人之间,群居的人们也通过某种方式配合来进行生存和繁殖，比如捕猎战斗、孕育哺育孩子以及烹饪织补等。

意识体们则有所不同，他们通过想象的意识世界来模拟现实的物质世界，不断深入地根据自己的理解去分析后者的本质，并预测其下一步的变化。意识体们遵从这样的预测所形成的"理性"规则进行求存活动。

进一步地，作为意识体的人们根据各自掌握的理性求存力进行分工合作，遵守一套特殊的行为规则，组合一个社会求存体。

在所有这些求存体所要遵守的行为规则中，生命体遵守的规则，可以统称为"情"，一件事情能够给生命体求存带来利益，即所谓的"合情"。饥饿、危险会带来痛苦、焦虑和惊慌，吃饱喝足、养精蓄锐则让人心生快乐宁静，属于"人之常情"。父母子女和兄弟姐妹之间互亲互助，为共同的生命组方求存而努力的情感，通常称为"亲情"。类似的，没有亲情的支持，却吸引男女为了繁殖走到一起的强烈情感，则叫"爱情"。如果不让这些行为正常进行，就不利于人的生存，也就"不合情"了。

情，或者说生命体的本能，最为纯净质朴，永远指向生命体求存的方向。人情也是如此，一个人追求存在，因而动用自己的力量去努力生存和繁殖，和一棵楠木或者一只蜻蜓没有什么区别，无非是生命组方不同，因而身体结构不同——相应的功能不同而已。

在有情的世界里，事物对生命体而言就有了合情与否的区别。万千事物，因为合情与否，纷纷被本能所偏好或厌弃，因而被赋予了美和丑两个特质，生命体在求存道路上的求索于是表现为对美的追求。食物若营养丰富就是"美味"，比如水果富含糖分和维生素,吃起来就很甜美,富含蛋白质的鸡鸭鱼肉则甚是鲜美。又如女人若拥有发育良好的身体等优良的繁殖条件,通俗地讲,即身材窈窕肤白貌美,那就是"美人"。同样地,能够识别事物的抽象特征,并为之吸引,产生美感,甚至引发思索,也是一种重要的本能。比如带着某种旋律的声音、有着特殊色彩和构造的绘画,又或者有着奇异光泽的金属、有着迷人花纹的贝壳或者经过雕琢的玉器等,有着"艺术之美"。对这些美的追求,合乎本能,人们看到这些美好的事物,内心的美感总是油然而生,不需要任何思索。相应地,与这些事物美好的特质相对的,代表着危害、损失和危险的特质,则被称为"丑",或者类似的贬义词。比如腐臭的食物、丑陋的外表、尖利刺耳的声音等。

在美感的指引下,人们追逐着营养丰富的食物、繁殖条件优良的配偶以及利于生存的各种工具和技能这些"美好"的事物,同时逃避远离拥有相反特质的丑坏事物。这些合情的行为都有利于生命体的求存,因而确保了人作为生命体的存在。

大脑中的意识体则利用意识世界模拟物质世界,并通过理性所理解的规律来预测物质世界的变化,以获得利益来实现求存的目标。因此,意识体所倡导的行为规则即理性所理解的物质世界的规律,即所谓的"理",一件事情是否合乎意识体求存的规则,即是否"合理"。

意识体通过其所认可的理来判断事物的变化,这意味着,意识体采纳什么样的理,至关重要。在意识体求存的过程中,新的意识组方总是不断涌现,接受现实的考验,最后合理的留存下来,不合理的被淘汰乃至消亡。这是个类似于自然选择的过程,比如在干旱的时候祭天求雨,如果人们的意识世界里采纳了这样的理:雨水的降落取决于神明的施舍,而干旱的发生源自司雨之神的愤怒,那么通过祭祀来祈求神明开恩,是一件非常合理的事情。祭祀后,神明得到祭品平息了愤怒,降下雨水,问题就解决了。

如果降水不取决于神明,那么祭天求雨是无效的,把希望寄托于此的人们既浪费了时间和财物,又没有取得应有的利益。如果有另外一群人,他们了解到干旱必然发生,但并不指望神明开恩,而是通过水利工程,确保自己的农田在干旱的时候得到足够的灌溉,那么他们和求雨的那群人相比,就得到了更多的求存利益,显然相较于前者,后者更容易在竞争中胜出(见图23)。

图23　求雨还是兴修水利

人们在物质世界里观察到干旱的现象,然后在意识世界中模拟这种现象的原理,不同的人有着不同的想象,同一个人也可能产生多种想象。当人们认可了某种想象,也就在意识世界里创造了相应的规律,于是就会根据这些规律去实施自己的行为,希望得到相应的结果。这些对物质世界不同的想象,即意识体们编织意识世界时所采用的意识组方。不同的意识组方导致不同的行为，带来不同的结果。于是，那些为意识体带来更多利益的组方为意识体的求存形成优势，拥有这些组方的意识体们更容易求存成功，这些意识组方也就更能够存在下来。

这类似于自然选择，在自然选择的过程中，那些被淘汰的生命体物种之所以失败，是因为其生命组方所带来的身体结构和功能，在与其他物种的竞争中败下阵来。而那些能够带来更多利益的新生命组方，则通过自然选择的考验而继续存在。同样地，新的意识组方要和旧的竞争，竞争过程即经受合理性的考验，如果一个意识组方比竞争对手更合理，对物质世界的模拟更准确，也就能够为拥有着它的意识体带来更多的利益，后者也就更能够求存成功。

这个过程可以理解为意识组方的变异带来意识体的演化，就像染色体（生命组方）的变异造就生命体的演化。区别在于，意识组方的产生并不像染色体变异那样随机，而大多是人们通过理性的思考，在对合理性的不断考量中主动得出的。还是以求雨为例，人们慢慢地发现求雨的效果很随机，而水利工程更靠谱，慢慢的也就更多地采用后者了，其意识世界里的神明也就慢慢失去了权威。当人们通过学习和钻研掌握了更多的水文知识和威力更强大的工具时，甚至可以人工降雨，自己创造出一场雨来缓解干旱。这些人对理性越来越笃信不疑，他们的意识世界里也就越来越没有神明的位置了。

对合理性的追求使人们产生了对"真"的追求，人们总希望尽可能地理解物质世界，使自己的意识世界尽可能地正确描述物质世界，尽可能地"真"。这样他们对事物变化的预测才能尽可能准确，才能够为求存带来可靠的利益。

社会组方是意识组方的一部分,即意识体们对社会的共同认知。人们在共同的社会认知下,在社会的框架内展开分工合作,从而组成社会体,以社会体的形式展开求存行为。显然,社会体的求存行为想要获得成功,人们的行为需要合乎一系列的规则。这些规则引导或限制人们的行为,使其结果有利于社会体的求存。这些规则,即所谓的“法”。一件事情是否合乎社会求存的规则、有利于社会体的求存,即所谓的是否“合法”。“合法”或“非法”的行为对社会整体有利或有害,因而也分别被社会倡导或反对,接受社会施加的褒奖和惩罚。

需要注意的是,这里的“法”不是通常所说的法律,而是社会规则的总和,是一个模糊的统称,包括了法律、道德、习俗和其他的文化习惯。它们一起规范了人在社会体中的行为,使个人在自己的行为上获得的利益与损失和其对社会产生的好处与坏处一致。比如法律规定对违反交通规则者处以罚款,在日常生活中,像闯红灯、实线变道这样的行为常常能为个人带来便利,但显然影响他人的正常交通,因而对社会整体不利。社会通过法律对实施这些行为的人处以罚款,就增加了他们违反交规的代价,使他们为了避免损失个人利益而遵守交规,从而也提升了社会的交通效率,对社会有利。

社会组方是意识组方的一部分,因此,合理是合法的最高准绳。在现实中,随着意识体对物质世界理解的加深,带来意识世界的不断演变,又或者社会的发展带来现实的改变,这种改变反馈到意识世界,也对社会组方产生了影响,相应的“法”也被不断修改。

社会体由大量个人构建而成,因此,总有一些规则是基础,不可缺少,比如不可杀人放火,不可盗窃等。也总有一些愿望是人们所渴求的,比如安居乐业、和平富足。即使不同的社会体形式千奇百怪,这些基本的规则总是要有的,否则人们无法展开合作。这些基本的规则可以笼统地归结到一起,是为"善",其反面则是"恶"。

和情理相似,社会体孜孜以求的,就是促使人们的行为符合善的标准。《大学》云:大学之道,在明明德,在亲民,在止于至善。

如果仔细揣摩善和恶的内容,会发现,几乎所有恶的内容都比善更本原和古老。比如杀人,人类学会使用工具以后,自然界的天敌渐渐消失,主要的敌害就是"他人"。原始的猎人们碰到落单的陌生人,杀人夺物是常事,从来没有不可杀人这一说。即使在文明已久的社会里,一旦四周无人,一些人心中天然的恶念也会不可遏制地萌发出来,"车船店脚牙,无罪也该杀"①,就是这种罪恶的真切写照。又如放火,原始人学会用火后,为了狩猎方便或者开荒种植,随手就会放一把火。这和其他生命体物种类似,比如草原上的狮子和鬣狗,所有行为的衡量标准只有"是否有利于生存",而没有善恶之分。只有在生命体的基础上进化出意识体的人们,通过意识组方建立起跨越血缘的联系,通过理性认识到,建立一个更大规模合作的群体,凝聚出更大的力量,才能够打败敌人,取得更多资源而继续存在,才有了善恶的概念。也因此善常常被理解为"利他",善心即"公心",而恶就是"利

---

① "车船店脚牙"旧指五种职业,分别是:车夫、船夫、店家(客栈经营者)、脚夫和牙人(各种中介、经纪人)。过去这些职业从业人员多处于社会底层,且常处于无人处,流动性强,易滋生欺诈、谋害等行为,所以说"无罪也该杀"。语句有夸张的成分,反映了人们对这些职业从业者的偏见和矛盾的心理。

己",对应着"私心"。实际上两者有部分重合的内容,因为每个人都是社会的一部分,当人们的行为因为有利于自己而有利于社会时,这样的私心是善非恶。比如一个人努力开荒拓土,为自己和家人创造良好的生活条件。荒土游离于社会之外,开荒的行为为社会创造了财富,既有利于个人也有利于社会。但如果一个人所占领的土地有一分半厘属于公有或社会认可的他人所有,那么他的行为就是犯罪,是严重的恶。这是因为他的行为直接或间接地侵害了社会的利益。独立地看,一个人开荒的行为对自己和家人的影响来说没有任何区别,都带来了同样的好处。但因为社会体对自身利益的考量,而有了善和恶的区别。

综上所述,"情理法"构成了个人所有的行为规范,一个人做任何一件事情,都少不了对"情理法"的考量,并因此分别衍生出对"真善美"的追求。

第十二章　扳道工的痛苦抉择

你，是一个扳道工。

你在人类思想史上赫赫有名，几乎无人不知，你的传奇故事几乎折磨着所有热爱思考的人，让他们痛不欲生却欲罢不能①。

一切开始于那个早晨。那天，你和往常一样，来到你的工作地点——一个铁路岔口。你的任务是按照行车计划扳道，确保经过岔路口的火车行驶在正确的轨道上。你的工作虽然简单，却责任重大，如果扳错了道，火车不走在计划好的轨道上，后果将不堪设想。但这对你不成问题，每天的行车计划是固定的，你干这行时间不短了，闭着眼睛都不会出错。

远方一列火车开来，你心里有数，这个点不需要扳道，你点了根烟，准备坐下来休息一下。就在这时，你发现岔道口不远处的铁路上有孩子在玩耍，而且不止一个，你数了数，竟然有五个

----

① 扳道工难题，也被称为电车难题，由英国哲学家菲利帕·福特（Philippa Foot）最早提出，后由美国哲学家朱迪斯·贾维斯·汤姆逊（Judith Jarvis Thomson）修改，该思想实验描述了一个关于道德和伦理的困境：一个扳道工面临电车即将撞上轨道上的五人，他可以选择不干预，让电车继续前行导致五人死亡，或者扳动道岔使电车转向，但这样会撞到岔道上的另一人。这个难题引发了广泛的哲学、伦理学和法律讨论。

之多。五个孩子围成一圈，脑袋挤在中间，不知道玩什么正入神。火车越开越近，而孩子们毫无察觉。你赶紧走到扳道开关前，准备扳道救下这五个小孩。这时，你突然又发现岔道上也有一个小孩在玩耍，这下你为难了，你的恻隐之心在两条铁路上都满溢，你想抬起手来摁扳道开关，但是你的手仿佛变成千斤那么重，动弹不得（见图24）。

图24　扳道工难题

你当然希望救人一命，何况是救人五命。岔道上只有一个孩子，你虽然数学马马虎虎，也知道二大于一，何况是五。问题是，如果你什么都不做，那五个孩子的死亡是咎由自取，与你无关。但假如你按下按钮，就意味着有一个本不会死的孩子要因你的选择而死，换句极端的话说，你要亲手杀死一个孩子。你只是一个普通人，承受不起这样的生命之重。火车轰隆隆而来，千钧一发之际，你外表呆若木鸡，心中万念翻滚。怎么办？

你是一个人，包含一个生命体和一个意识体，同时你是社会体的一个功能单元,被命名为"扳道工",为社会体贡献力量。因此,你的行为既受到本能和理性的支配,同时也被社会规则所制约。总而言之,你的行为受到情理法的共同作用。

相对而言,你的本能比较明确。从这一点上讲,你和其他动物相比并无太大不同。你光着身子照镜子的时候,能够轻易发现自己身上那些灵长目和哺乳纲的典型特征。不管在哪里,当你面对事物的时候,本能总是不假思索,油然而生,忠诚地服务于你作为一个生命体的求存目标。

虽然你可能并没有清楚意识到,但本能的意义重大,比如食性欲、恐惧、杀戮和争先,无不对应着重要的求存利益,在漫长的生命史中,它们保障着一条血脉从亿万年前延续至今日的你身上。因此,当眼前发生一件事情,这些本能总会基于基因深处镌刻的记忆,第一时间给出一个判断,指出眼前的事物与生命体求存的利害关系。比如你看到蛇,或者听到黑暗中的悉窣声,总是立刻毛骨悚然,这种恐惧深入骨髓,不需要任何思索。

跨越漫长的时空,只要生命体仍然生机勃勃,这种判断就有它的合理性。毕竟,正是因为遵守着这种判断,你的所有祖先都成功地实现了生存和繁殖,并把这种本能,通过染色体代代相传到了你身上。

所以,你看到孩子要被火车压死,你的恻隐之心被唤起。孟子对此有过详细的描述:"今人乍见孺子将入于井,皆有怵惕恻隐之心,非所以内交于孺子之父母也,非所以要誉于乡党朋友也,非恶其声而然也。"[①]意思是说,一个人看到一个小孩快要掉到井里去了,他心里总是有惊恐怜悯的感觉。之所以会这样,不

———————————
① 《孟子》之《公孙丑上》。

是因为他要跟孩子的父母攀交情，也不是要在乡邻朋友中间博名声，更不是讨厌小孩哭泣的声音，而只是因为他是个人，因而天然生有恻隐之心，"无恻隐之心，非人也"。

　　问题是，岔道上的那个孩子也唤起了你的恻隐之心，拯救五个小孩的快乐和看到五个小孩的死亡所带来的痛苦，都肯定远大于一个小孩的情况。所以，从本能角度出发，应该要拯救那五个孩子。理性也会赞同这个选择，如果这一刹那间停止，你有时间来充分思考你的选择，衡量所有得失。那么五个小孩多于一个小孩，拯救五个小孩比拯救一个小孩不仅多拯救了四条生命，还多让四对父母免遭丧子之痛，未来会给社会多作出四个人的贡献。

　　还有经济利益，五个家庭会对你充满感激，给你送来各种礼品，而不是一个家庭。公司、社区和市政府都会给你与被拯救人数相当的荣誉和奖励。被拯救人数当然重要，就像对事故责任的处理程序和惩罚力度都和人数有关。死亡三人以下的是"一般事故"，处二十万元以上五十万元以下的罚款；死亡三十人以上就是"特别重大事故"，不但处五百万元以上一千万元以下的罚款，还要追究相关责任人的刑事责任。①

　　已经没有疑问了，火车带着巨大的压迫感轰隆隆驶来，你的肾上腺分泌出大量的激素，不但让你心跳加快，更激发出你拯救人命这一壮举的渴望。你闭上眼睛，脑海中浮现出鲜花、掌声和奖金，你抬起手指放到按钮上，这个动作你做了无数遍，不用眼睛看也能准确无误。正要按下去，你却发现手指似乎僵住了，完全动不了，你睁开眼转头看了看岔道上的小孩，你的理性清楚地知道，你扳道这一选择，和他的死亡，有着直接的因果关系。如

---

① 《生产安全事故报告和调查处理条例》规定了事故种类和处罚标准。

果你按下这个按钮,那么正是你这一动作直接造成了他的死亡。

你犹豫又犹豫,始终没办法按下手指。一刹那间,火车开过去,撞死了五个小孩。听着那可怕的声响,你失去了所有的力气,瘫倒在地上。

事后调查,你没有任何责任。轨道上怎么可以玩耍呢? 纵使五个孩子的家长悲痛欲绝,也有人质疑你为何没有救下明显更多的五个人,但你恪尽职守,没有错误的操作,实在无可指摘。何况你自己知道,按下那个按钮有多难。

但你的心理受到了巨大的冲击,每次看到轨道你都会想起那幕惨剧,你没有办法再继续这份工作,所以你辞职了。由于你经历的这次事故,大小算个知名人物,很多单位都给你伸来了橄榄枝。你考虑到自己在拯救人这一事业上的不成功,选择了警察的工作,你想,"我面对坏人,总不必犹豫了吧?"

几年过去了,你在警察这份工作上干得非常出色,刚刚被提拔到了负责全国安全的部门的总负责人位置。经过几年执法者的工作,你对当年的选择有了新的理解。

你发现社会体的求存行为被分解为具体的工作,由一个个人承担,每个人都有着一定的权利和义务。比如扳道工是一个社会职位,他的职责是根据交通计划扳道,使得火车行走在正确的道路上。至于扳道工紧急情况下应该采取何种反应,取决于这种情况下的这种反应是否属于扳道工的职责范围,范围内的必须根据操作指南操作,范围以外的则禁止操作。

如果扳道工可以根据自己的意愿来任意操作,那么后果是非常严重的。因为各种职责的定义,确保了社会分工的合力指向社会体求存,如果每个人都被允许根据自己的理解来采取行动,那么士兵不一定严格执行军令进退,法官不一定根据法律来断案,整个社会将失去赖以生存的秩序。

现在作为执法者的你,对这一点有着尤为深刻的体会。因此,你庆幸当年没有做出扳道的决定,做不属于自己职责范围内的事。

你不禁感慨,要是扳道工作的操作指南有相关规定,写明类似情况下必须如何操作就好了。但你清楚地知道那是不可能的,社会体不能规定去主动选择通过牺牲一个人来拯救五个人。因为,社会体由人群组成,人群中的每个人都是独立的求存体,每时每刻都在进行利益的考量。当遵从社会体能够得到更大的利益的时候,人们倾向于维护社会体。反之,则倾向于谋求个人利益。这就是所谓的"人心向背",是社会体存在的基础。因此,社会体总是努力让人们觉得自己是被保护、被照顾的,这样才能凝聚出人们的向心力。用通俗的话讲,就是要照顾"弱势群体"。试想,如果每个人都清楚地知道,当社会体面临选择的时候,会比较你和另一个人的价值,你的价值低,就牺牲你,那么任何一个人都不会有足够的安全感。这样一来人心涣散,人群如一盘散沙,社会体又何以立足,恐怕就要离覆灭不远了。

社会组方必须凝聚人的共识以及基于其上的求存力,它所乐于宣扬的是:宁可牺牲更多人或更多资源,也要拯救或照顾弱势群体,来展现对个体的关怀,使"再没有寡妇或者病残之人由于没有肉吃而在夜晚哭泣"[①],或者"矜寡孤独废疾者,皆有所养"[②]。让每个人觉得自己哪怕再卑微,也是被关照的。这样一

① 出自杰克·伦敦(Jack London)的短篇小说《基斯的故事》,描述了杰出的爱斯基摩首长通过智慧让村人过上了好日子的状态。
② 出自中国古代的经典文献《礼记·礼运》,是儒家思想中关于社会理想状态的一种描述。

来,人心就被凝聚起来了,在这样的认知下,人们团结一心,互相扶持,危难时刻人人奋勇当先,社会体的存在就有了强大的基础。

警察、士兵和消防员的工作内容特别能体现这一点,让你更加感同身受。你看向办公室墙上一面锦旗,那是你受到的无数嘉奖中的一个,那次你英勇果决地从一个持刀暴徒手里救下了一个流浪老汉,为了保护人质,你还受了伤,歹徒挥过的刀差一点就划开了你的颈动脉。如果进行简单的价值比较,你作为一个有为的年轻人,比被挟持的老人价值大多了,又何必冒生命危险去救他呢?

你收回了目光,从沉思中醒觉过来,打开电脑,开始今天的工作。还没回完第一封邮件,下属就急匆匆推门进来,向你报告说他们抓到了一个重要的恐怖分子头目,这个人在全国各地都埋了炸弹。上级的电话马上也打来了,命令你火速破案。你当然不敢怠慢,于是马上提审那个恐怖分子。不幸的是,你被告知炸弹不止一个,还威力巨大,如果爆炸的话整个国家无数的人会被炸死,大量的设施会被破坏,而且离炸弹爆炸只有两个小时了。

怎么办?对待犯罪人员,你向来嫉恶如仇,既然人都抓住了,必须将他绳之以法。但现在的麻烦在于,你怎么才能解决炸弹的威胁呢?知道炸弹位置的只有这个恐怖分子,而他拒绝招供,那么你应该用酷刑逼迫他说出炸弹位置吗?用刑不但违法,也不人道。这时下属向你汇报,他们在这个恐怖分子家里找到一个 4 岁的女孩,据保姆说这是恐怖分子的女儿,也是他唯一在世的亲人,他深爱着她,只要拿这个孩子威胁他,他肯定会招供。

情况紧急,而你是处理这一问题的决策者,你的选择将决定整个国家的存在或消亡。你经过短暂的思索后,让属下把恐怖分子和他的女儿一起带到了一间特殊的审讯室,里面没有任何监控设备,门只能从里面打开,然后你进去,锁上了门。

半个小时后你出来了,给了下属一份笔记,上面写着炸弹的位置、种类和拆除方法,你的下属迅速出动,及时找到炸弹并在数秒阶段将其拆除。你成了国家英雄,巨大的荣誉向你汹涌而来。

然而你不接受任何采访,而且很快就辞职了,从此消失在人们的视线里。江湖上留下你的传说,哪怕很多年以后,人们茶余饭后还是经常谈起你,猜测当时在审讯室里发生了什么,你做了什么让那么顽固的恐怖分子招供了炸弹信息。

有的人批评,甚至咒骂你肯定做出了违背道德和法律的行为,甚至要将你绳之以法。说这话的时候他们腰不疼,但是他们不会想,是什么让他们和他们的听众还有机会站在那里。

第十三章　伦理的终极答案

人们关于伦理的定义是混乱的，或者说，伦理并没有一个清晰的定义。这导致人们在应用伦理这个概念的时候，范围过于广泛，又或者反过来说，后者是前者的因，似乎也说得通。也就是说，人们过于随意地应用伦理学，从而使得它牵涉的对象过于复杂，难以给出清晰的定义。之所以会如此，是因为人自身的情况复杂，从求存体的角度，人是涉及求存体类型最多、最复杂的存在体。只是由于一个人看起来是"一个"个体，在人们朴素的思想里，其行为应该遵守一套规律。这一做法忽视了人包含并牵涉了多个求存体的事实，因此，在复杂的情况下，有时会自相矛盾，无法得出统一的结论。

也许人们对伦理的期许和物理相似，物理揭示着物质世界的规律，为物质变化提供精确的预测。人们因此希望伦理揭示"人"的行为规律，用来预测和指导人的行为，即定义"人应该怎么做"。这样的期许其实也没什么问题，只是需要对人性做进一步的剖析。如今的我们已经清楚认识到人不是单一的求存体，而是牵涉了生命体、意识体和社会体的杂合体，如此"人的伦理"相应地也应该可以分为生命体伦理、意识体伦理和社会体伦理，即所谓的"情理法"，分别引导或制约人们的行为，使之指向有利于生命体、意识体和社会体求存的方向。

这样一来,我们就可以更好地认识和使用伦理,在大多数情况下,我们只要一看我们所分析的对象所处的场景,就基本上清楚了应该应用哪种伦理。

若是一个事物和人的生存或繁殖相关,就应该应用生命体伦理。此时人和狮子、螳螂乃至竹子没有本质的区别,只有求存方式的不同。

而当我们讲起公民、医生、工程师或者学生这些社会性的概念或与这些人在职业场景下打交道时,显然应该应用社会体伦理。社会体伦理的存在目的,是规范社会的行为,使之有利于社会体的存在。社会多大程度上由人组成,"有利于社会"就在多大程度上等同于"有利于社会里的人"。也就是说,社会对个人的护佑,建立在有利于社会的基础上,是因为要有利于社会,才去保护个人。

当扳道工面临一或五的选择的时候,如果应用生命体伦理,作为生命体的人同时兼有恻隐和杀戮的本能,多拯救或多杀死四个人都可以带来快乐。所以,火车开来的那一刹那扳道工被唤起的本能类型,将决定他的选择。在社会环境中,以杀戮为乐的人比较少见,所以,生命体本能多半会支持扳道工去多拯救人命。

如果应用意识体伦理,那么就要看扳道工的意识世界是怎么构成的。如果他是个虔诚的宗教信徒,那么他会考虑神明的意志,也就是那一刹那他感应到神明给他什么指示,他遵从神明的指示,也就响应了意识体的伦理。比如割肉饲鹰的尸毗王[1]来

---

[1] 割肉饲鹰是一个佛教故事。传说帝释天为了考验尸毗王的慈悲和坚定,和毗首羯摩天一起化作老鹰追逐鸽子,鸽子飞到尸毗王面前求 (转下页)

扳这个道,那他肯定会自己跳到铁轨上把火车给挡住,不让任何一个人给撞死。又或者扳道工是个极度理性的利己主义者,他总是锱铢必较,计算自己的利害得失。他很可能不会扳道,因为他不能预测到自己的选择杀死一个孩子将会承担什么样的法律后果,而他不扳道的话,虽然五个孩子被撞死,却没有他的错,明显这么做更可以避免风险。如果他衡量得失后仍然更渴望利益,也有可能扳道,冒点险,但可以成为拯救更多人命的英雄,搏一搏相应的荣誉和好处。

但事情发生在上班时间,这意味着掌握着扳道开关的首先是一个扳道工,这是一个通过异常精细的分工而产生的社会工种,比起铁匠或渔夫来说,扳道工和铁路系统其他工种的配合度非常高。这意味着,他在上班时间必须异常肯定地应用社会体伦理,**而非生命体伦理或意识体伦理。也就是说,不管他的好恶和信仰,以及性格和理想,他必须遵守这一工种相对应的操作指南**,否则可能产生非常复杂的后果。

由于扳道工在铁道系统中的职位等级比较低,他无法全面掌握火车走错轨道可能产生的直接后果,以及行车计划被破坏后产生的深远影响。所以,他绝不能自作主张去改变火车的行车计划,因为他并不清楚他的选择可能产生的所有后果,不见得和他的初衷相吻合。比如刚好这列火车上运的是某热电厂急需的煤炭,因而它的速度特别快,如果意外被扳入岔道,可能会导

(接上页)救。尸毗王发誓要普救一切生灵,因此不愿将鸽子交给老鹰。老鹰要求用肉来换取鸽子,尸毗王便割下自己的肉喂鹰。但割尽腿上的肉仍不够分量,他又割下两臂两肋上的肉,直至昏死过去。在尸毗王即将献出全身时,鹰和鸽子都不见了,变回了帝释天和毗首羯摩天。帝释天恢复原形后,称赞尸毗王的功德无量,并使其身体恢复如初。

致翻车，这一事故不但将导致车上数人死亡，还将堵塞铁路数周，使大量货物不能通过，其综合结果将导致十个以上的人员死亡（比如因供热受影响而导致老人冻死），以及天文数字般的巨大经济损失。

因此，从社会体伦理的角度，扳道工必须严格按照规定操作，因为按照规定的操作往往千锤百炼，综合来看，是对社会体最有利的做法。

而反恐主管的情况却有所不同，他坐在决策者的位置上，掌握着足够多的信息，他的选择将直接决定社会体是否继续存在。虽然他的职位也有着相应的规定，比如不能用私刑，或者不能用犯罪分子的家人安全来威胁犯罪分子。但是，正如扳道工一样，这些法规所规定的都是一种综合起来对社会体有利的做法。长期来看，一个警察不乱用私刑的社会体比起警察乱用私刑的社会体来更健康，更能存在。但这些规定的前提是社会体不被立刻杀死，如果这一刹那社会体面临真切的覆亡风险，或者被过于严重地削弱，坚持这些规定的意义就不存在了，一个已经被毁灭或严重削弱的社会体不可能比另一个社会体"更能存在"，而我们如果还能探讨这个问题，必然是因为我们存在着，也意味着我们的先人们所组成的社会体在类似的境况下做出了"有利于存在"的选择。而当下的我们也负有为后人做出相同选择的责任，使我们能够继续存在，因而他们也有了能够存在的前提。

所以，从社会体伦理来看，扳道工必须按照规定操作，否则规矩不被遵行，分工被破坏，必将导致比当前的损失更为严重的后果；而反恐主管必须违反规定，否则眼下的难关就过不去。他们的行为都将有利于社会体继续存在，也因此并不矛盾。军人的例子更能说明问题，士兵们哪怕明知必死，接收到冲锋命令时要冲锋，接收到断后命令时要断后。如果士兵们贪生怕死（出于生命体的本能），或者自作主张（出于意识体的理性），而不是严格按照命令执行，那么参与战争的社会体就危险了。军队的职能和社会体的存亡关系如此密切，因此军人必须严格遵守社会体伦理，即所谓的"以服从命令为天职"。

有人会说，过于强调扳道工的职业身份是对这一问题的取巧，因为这样回避了人内心所应持有的道德准则。因此扳道工问题有一个变种，说是失控的火车即将通过一座铁路桥，过桥后将撞死五个在铁轨上工作的工人，此时你和一个胖子正无所事事地站在桥上看热闹，你只要将这个胖子推下桥，让他跌落到火车前，卡住车轮，就能使其停下，避免撞死那五个工人。或者更进一步，你是一个医生，有五个病人分别需要移植五个不同的器官才能活下去，而你正好遇到一个身体健康的智障者，如果你将这个智障者的五个器官分别移植给那五个病人，就可以救五个人。

总而言之，这些人认为扳道工困境问题的精髓在于，仅仅从个人内心的角度考虑，应不应该为了救五个人而杀死一个人，因而产生所谓功利主义和道德主义的矛盾。从功利主义的角度看，五个人的价值大于一个人，因此毫无疑问，应该牺牲一个人去拯救五个人。而道德主义认为人不应该或者无权去比较人和人之间的价值，并借此确定他人的生死，所以不应该为了救五个人而杀死一个人。

"个人的内心"是一个复杂的概念，前面提过的本能的恻隐之心和理性的锱铢必较之心，其实也属于这个范畴。当人们比较功利主义和道德主义思想的时候，实际上拷问的是，人们心中应该形成什么样的共识，用来作为组成社会的基础——社会组方。功利主义有其在理之处，人们之所以组成社会，就是因为分工合作能够比单干创造更多利益。求存律也支持着求存体们对利益进行孜孜不倦的追求，不管对个人还是社会，得到更多利益总是有利于存在的。

但道德是社会组方的重要组成部分，也是社会赖以存在的基础，人们正是遵循了道德、法律这些社会组方，才顺利组成社会体并展开分工合作和利益分配的。如果没有道德及与之关联的其他社会组方的护佑和保障，人群将如一盘散沙。

当个人为自己的求存努力时，他必然无时无刻不在追求着功利，否则就会被他人淘汰。但当人们必须要组合成社会体才能存在的时候，就不得不兼顾道德。一个由纯粹追求功利的人组成的群体是逐利之群，乌合之众，在这样的群体中，每个人都因害怕成为他人追求利益的牺牲品而人人自危。比如一支军队，如果士兵们时时担心自己会被当作炮灰牺牲掉时，那么冲锋时自然畏缩不前，后退时也唯恐落后。这样的军队不会有任何战斗力。

所以，功利和道德并不矛盾，道德保障了社会状态下的功利。当一个人不参与社会的时候，不需要考虑道德，只采取纯粹的功利原则行事，如同草原上一条流浪的鬣狗。当他参与社会时，就属于社会一员，是某种意义上的扳道工，道德相当于他在此意义上的职业操作规范和利益保障指南。千千万万如他一般的个体共同遵循道德行事，社会才能正常运转而不至于崩溃，因此，个体所做出的道德选择因为维护了社会而对自己有利，也是一种功利的选择。功利是更底层的人性，而道德是浅层的、仅限于社会层面的功利。

进一步地，社会还会鼓励人们去做那种对自己没什么好处甚至有巨大风险却有利于社会的行为。比如见义勇为,当人们看到他人处于危难或公共财产受损的时候,按照社会原则,完全可以打电话给119或110,让专业人士(社会职能角色)来解决问题。但社会仍然会赞扬那些挺身而出,冒着危险去救助他人或保护公共财产的人,称之为英雄并给予褒奖。

那些选择了扳道的扳道工们,或多或少也出于这方面的考虑,他们理所当然地认为他们所拯救的人命,也是社会的宝贵财富。这样想也没错,纯粹从社会功利的角度看,实际上这里有一个潜在的价值比较,即所拯救的人命与维护道德相比,哪个对社会体的价值更大。当我们从渺小的个体角度去看,似乎后者远大于前者,这也是扳道工难以抉择的原因。毕竟四条人命与破坏整个社会的道德相比,显得过于渺小了。如果我们慢慢增加火车前方的人数,问题就会变得更加清晰和尖锐,比如岔路上仍然是一个人,但火车前方站着50个人,100个人,1 000个人,10 000个人,一个城市的人,整个国家的人,乃至全人类剩下的人。在哪一个点上扳道工会毅然决然地扳道呢?这很复杂,不同人在不同的情况下会有不同的答案,但最重要的是,必然存在这么一个点,在这个点上,人命和道德的价值相等了(见图25)。

生活中有活生生的例子,比如流域洪灾防范措施的决策者,他总是衡量比较投入和效果,考察多少投入能够在多大的洪水下减少多少损失。比如投入100亿元的资金去建设防洪设施,在百年一遇的洪水到来时,整个城市的财产损失约为50亿元,死亡约50个人;而投入50亿元的话,同样强度的洪水到来时,就要损失80亿元和200个人。现实中考虑的因素还会更多,情况也更为复杂。但是,人命不可能是唯一的参考因素,任何城市

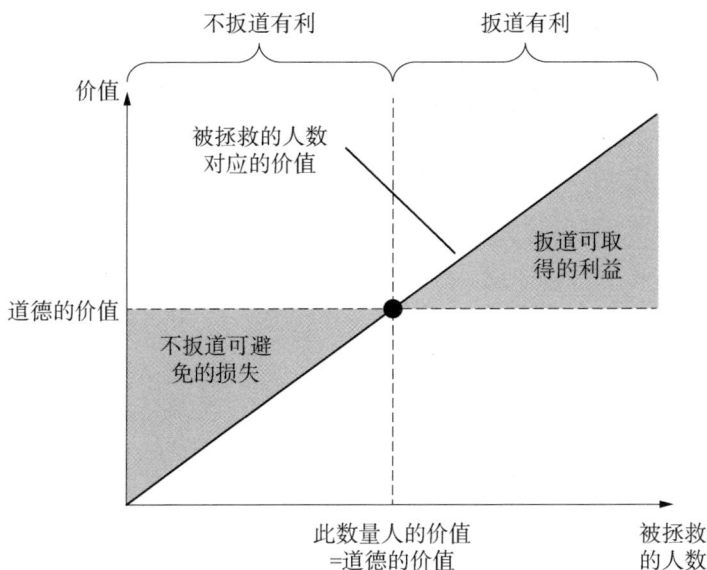

图 25 "电车难题"围绕社会体的利益分析

也不可能建设任意洪水到来时都不死亡一个人的防洪设施。也就是说,该项事业的决策者,终归要衡量生命的价值,从整个城市的功利考虑,采取"最优化"的方案。生活中的此类决策者无处不在,如交通事故赔偿标准、疫情防治、药品审批等事务规则的制定者,他们不就是一个个数着火车前方人数而决定是否扳道的扳道工吗?

作为防恐主管的你就是这样一个决策者,当整个社会体的倾覆迫在眉睫的时候,破坏道德而对社会产生的价值损失就微不足道了。你在关键时刻采用了合适的伦理,并做出了精准的衡量和正确的判断,于是你所在的社会体持续存在。当然了,聪明的你关上了门,把所有发生的一切留在了黑暗里,人们并不知道发生了什么,"崇高的"道德并没有被破坏,至于你个人因此不得不遭受非议,虽然也偶尔感觉心中不平,但转眼看到世间静好,人人安居,你坚信做了正确的选择。"事了拂衣去,深藏身与名",那一刹那的惊心动魄,不足为外人道矣。

第三部分

认识自我

第十四章　我是谁

当你行将就木，躺在床上奄奄一息的时候，你开始回顾你的一生，好似一场戏剧。在这漫长的剧情中，你当过主角、跑过龙套，嗨过高潮，也捱过低谷，终于到了要谢幕的时刻，往事一幕幕涌上心头。

和别人一样，你的第一个角色是某个家庭的婴儿，一个纯粹的生命体，物种赋予了快速发育的义务。因此这个时候，你每日吃喝拉撒，用哭声支配父母为你付出各种有偿或无偿的劳动。他们告诉你，"这是桌子""那是天空"，于是你慢慢发现四周有一个美丽的世界，和一个自主的自我。这个自我转动着无邪的眼睛，挥舞着幼稚的小手，冲进那个充满乐趣的世界里，什么都要尝试一下。踩泥坑能给你带来巨大的快乐，但妈妈会告诉你，你把衣服和身体弄脏的行为给她带来了大量的劳动负担。桌角也用巨大的疼痛让你明白，即使是走路也要小心一点。在这样的磕磕碰碰中那个生命的婴儿和那个意识的自我同样快速成长。毫无疑问，那是你最惬意的一段时光，整个世界对你充满了宽容和呵护，让你的本能和理性方向一致，共同快速成长。即使快速成长的自我偶尔和父母有所冲突，也总能在满溢的爱意中得到安抚。

　　直到有一天,父母告诉你,你要去上学了。你高兴地背上书包走进学校,开始扮演第一个社会角色——学生。但很快你发现学校里充满了让人讨厌的规矩,比如一堂课要端端正正地坐上 45 分钟,这样的折磨每天发生 6 次不说,回家还要写作业。即使已经这么痛苦了,也只有考出前几名才能得到表扬。你不想上学,哭着喊着要回家,但是一向和蔼的父母这次无比坚决,很快你就明白,你不得不继续这样的生活,最少还要十几年。

　　父母之所以坚持让你上学,固然因为那是法律规定的义务,他们也和立法者一样认为你应该学习知识,这样长大了你才能有谋生的能力。正如生命体的身体需要摄入营养而生长,你的意识体也需要吸取知识而成长。事实上,在学习的阶段,虽然你的身体也快速发育,但你的意识体角色才是主角,通过学习,你知道了自己身处宇宙中的一颗星球上,了解了物体存在的结构和变化的原理,你的意识世界因为吸纳了大量有为之士的思考成就而急剧扩张。

　　随着人类认知的发展,即使是一个分支很细的学科知识,也要通过大量的学习才能掌握。而你不可避免地将成为社会的一员,必须掌握一门技术才能参与社会分工,并通过享受相应的利益分配而生存下来。因此社会体通过设立学校来培养成熟的意识体,然后让他们扮演社会角色。只是,你那灵长目智人种的身体虽然进化出大脑并拥有了意识体,但有时并不能完全承受学习知识的过程所产生的痛苦。

　　其实,本能并不完全抗拒学习,因为学习对于生命体的生存也是不可或缺的,像体育课你就很喜欢,运动总是能给你带来快乐。有的人天生喜欢数学和物理这样乏味的科目,那就是生命体宝贵的恩赐,能够"带着兴趣学习"——本能和理性方向一致,那么不但在扮演学生这段人生剧情中，可以减少很多痛苦，也更容易取得学习的成就。

光阴似箭，生命体的你逐渐身躯长成，血气方刚，你这一角色的任务由生长转变为繁殖，于是你恋爱了，与你的爱人两情相悦。但社会体伦理不能忽视你的繁殖行为对你、周围的人和整个社会所产生的巨大影响，所以为这一行为制定了一系列的程序，比如古时有纳采、问名、纳吉、纳征、请期、亲迎的所谓六礼，现代的你不用那么麻烦，但也要完成发喜糖、办婚礼、领结婚证等一系列程序。将新人和新家庭的所有社会关系遵照法律程序并以一个隆重的仪式确定下来，然后才可以通过"敦（社会体的）伦"来繁殖后代，一切顺利的话，你将在数年内成功领取到丈夫/妻子和父亲/母亲这两个新的角色。

生命体的你身躯慢慢长大——躯体拥有足够的强度和力量，意识体的你思想渐渐成熟——掌握了足够多的知识和技能。你成人了，开始参与工作，扮演一个社会体角色，它也将在未来一段漫长的人生内成为你生活的主角，你将不得不把一生中最宝贵的年华和一天中最精华的时间用来扮演这个角色。如果你做得够好，就能获得社会层面的成功，利用自己为社会体提供的求存力换取大量的生存资源，以之供养自己和家庭。

你可能有着虔诚的信仰：你的神明谕示你，你在世间占据一个独特的角色，你的任务是听取教诲、敬老扶幼以及回报社会。你深深地认同神明的谕示，并严谨地在其指引下生活。或者，你笃信科学，认为世界并非被创造的造物，而是自存的存物，遵守自然规律发生着变化。你学习了科学知识，按照科学揭示的规律理解出一个世界，而你是这个世界的一部分，扮演一个角色。这些来自哲学、宗教、文化传统及社会思潮的思想加上个人认知的准则共同构成你的意识世界,进而归结出意识体伦理,指导着你的理性行为(见图 26)。

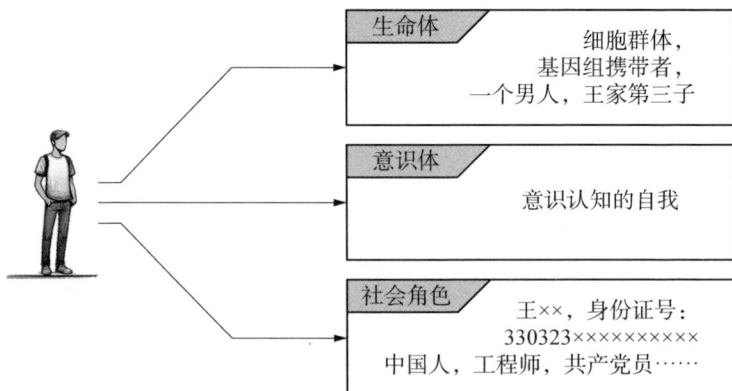

生命体
细胞群体,
基因组携带者,
一个男人,王家第三子

意识体
意识认知的自我

社会角色
王××,身份证号:
330323××××××××××
中国人,工程师,共产党员……

图 26　人的求存体构成

扮演着这么多角色的你,生活忙碌而充实,早上早早起床,在阳台上拉伸身体或者下楼晨跑一段,锻炼属于生命体的身体。然后你钻进厨房,化身一个父/母亲或子/女为自己和家人们准备早餐。饭后,你来到办公室打开电脑或者来到工地穿上工装,在接下来的八个小时里,除了基本的吃喝拉撒外,扮演着一定的社会角色,为社会提供求存力。忙碌中时间总是过得很快,不知不觉到了下班时间,你和同事们聚餐,或者回到家里又烧了一顿晚饭,然后辅导孩子们做作业。在夜深人静的时候,你躺在床上,或者在阳台上仰望星空,此时吃饱喝足,生命体的角色虽然依旧在运行但无需关注。家务也做完了,孩子们已经入睡,工作要到明天早上才开始,所以你也卸下了所有家庭、社会的角色。这一刻,整个世界似乎都消失了,只有你静静地待着,任脑海中思绪肆意流淌。卢梭说:人生而自由,却无时无刻不在枷锁之中。只有这个时候，不管生存和繁殖，还是家庭和社会，都不能影响你，这个你是自由的你，是纯粹的意识体。

这个你思考自己存在的意义，对自己和世界的关系慢慢有了独特的理解，于是产生一个宏大的理想或者小小的愿望，接下来的人生中，你将为这个大理想或小愿望付出或多或少的努力，你的部分行为将以接近这一目标为准则。

综上所述，你首先是一个生命体，在本能的驱使下生存繁殖。同时，你的意识体认可了一个神创或自存的意识世界，以及其中一个现代化的国家，你遵守神的谕示和国家的法律，在这个世界和国家里扮演一个角色。此外，你还有一个理想，为实现理想的愿景而努力着。你努力平衡三种伦理，常常把握不准，偶尔也失去控制。但总体来说，你的生活还算平静，日子过得有模有样（见图 27）。

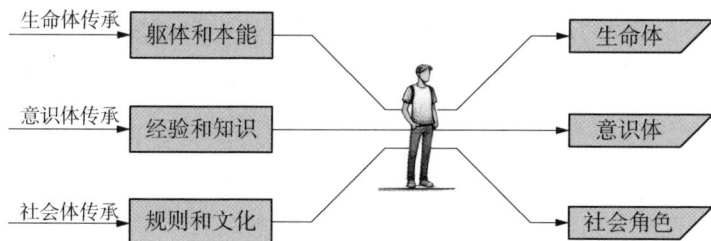

图 27　我从何而来

"你是个好孩子"，隔壁张大爷经常这么夸你，因为你从小就是他心目中努力、上进、顾家的"别人家的孩子"。他之所以把这个挂在嘴边，是因为他的儿子，也就是你的发小——张三，完全是另一个方向的典型。他每日游手好闲，手头有钱就吃喝玩乐，没钱就坑蒙拐骗，后来因为偷盗坐了好几年牢才被放出来。对家里也不管不顾的,妻子带着个孩子日子过得非常艰难。不料这两年不知道张三在外地做了什么事情,竟然发财了,回来置办了豪车豪宅,也让老婆孩子衣食无忧了,只不过他很快就包养了"小三""小四",生了一堆孩子,日子难免偶尔鸡飞狗跳起来,惹得张大爷一见你就抱怨个不停。

像张三这样的人,心中没什么信仰,社会体伦理和意识体伦理对他作用有限,一辈子主要被本能驱使,追求着欲望所带来的快感。

另一个发小李四就不一样,他从小就胸怀大志,努力读书,立志要做出一番事业,后来考上了重点大学,学习了热门的计算机专业。毕业后和几个朋友成立了公司,每天忙得脚不沾地,才30多岁就头顶"地中海",根本没时间找女朋友,更别说生孩子了。

你觉得李四挺厉害的,但并不喜欢他的生活。像他这么活着,生活质量太差,而且年纪轻轻的就高血压加神经衰弱,估计寿命不长,说不定都来不及留下孩子。虽说他能耐大,但是总觉得缺点啥。

话说回来,谁的生活才最好呢?是你吗?你自己对生活没什么不满意的,身边朋友大部分也和你差不多,有家庭有孩子,做份工作,谈不上大富大贵,但也衣食无忧。你总是跟朋友说你挺佩服李四的,觉得他总有一天要变成大人物。私底下你还不免对张三有几分艳羡,最近在街上看到他又换了辆新跑车,副驾驶上的小姑娘长得那叫一个漂亮。

这使我们不由得认真思考人的本质,大部分人都是介于张三和李四之间的你,无非各自身上求存体的构成和份额不一样。毫无疑问,偏向李四这种类型的是少数,大部分人更偏向于张三。我们知道那是因为生命体更需要繁殖而非理想，但我们仍不禁追问：什么人才是人们心中"最应该成为"的人？或者简单地说，什么样的人是"最理想的人"？

是李四吗？好像是，又好像不是，他显然是那种强大意识体的典型代表，我们承认他的故事令人鼓舞，同时，很多人类值得赞美的成就似乎也都是由他们那样的人取得的。但是人类之所以伟大，既在于未来——意识体突破生命和空间的束缚继续存在，也在于过去——自智人直立行走开始的伟大进程。如果我们对这一点给予足够的宽容和尊重，那么我们就理解了"持续的存在"才是最了不起的成就，因而大众的平凡是人类伟大而不可缺少的一部分。那些本能和理性交织产生的艺术和情感、忠诚和背叛、粗鄙而茁壮的生命力、盲目又激情的勇气，是人类在宇宙中谱写的，未必永恒却充满特色的一页篇章。

这一点非常有助于我们认知自我和看待他人。当我们说"一个人"，实际上指的是意识体所认知的所有代表着本人的生命体、意识体和社会角色的总和。基于在遗传基因（生命体组方）、理念结构（意识体组方）和文化背景（社会体组方）等方面的差异，以及三种成分在个人身上的多寡，体现出"人上一百，形形色色"的表象。我们恐怕很难描画什么样的一个人是完美或完整的，一个人可能天生肢体残缺，但他有完整的意识体，甚至理性强大或道德高尚；而另一个人虽然外形美丽，但头脑愚笨，里面的意识体简单粗鄙，绣花枕头一包草。另外，生命体在繁殖上的分工就造就了男女的区别；社会组方还赋予人群不同的出身设定、服饰、行为习惯和思维方式，在人和人之间制造巨大的差异。

所以，如果世界上存在一个完美的人设，那么我们所有人都将因为和这个完美人设的差异而成为"残缺的人",无非是差异有大有小。在历史上我们曾无数次这么做,比如把人分出等级。更普遍的情况是,人们假设完美的人应该是高大健壮、相貌俊美且智力超群的,于是体格、容颜或智商平庸的人总是既难免自惭形秽,又对那些心目中的"完人"羡慕不已。

若我们换一种认知方式,不在人设上求全,而认为一个人在生命体、意识体和社会体上就应该各种成分兼具,有长有短。那么任何一个人,或高大或瘦弱、或聪明或愚笨、或尊贵或卑贱,都是正常且平等的人。甚至于,每个人的长处和缺陷都成为一种特色,正因为不完美而成了"独一无二的人",延续着独特比例构成的生命体组方、意识体组方和社会体组方的存在。

一个人的构造和能力若更多地偏向于意识体,比如擅于接受知识,思维活跃且敏捷,那他就偏向于是一个"理性人";同理,偏向于生命体的可称为"感性人"。在此基础上,一个人若高度接受其所在社会的社会组方,并乐于以社会规则要求自己,那他就偏向于是一个"社会人"。

综合所有人的要素再看人,则在人和人之间只能看到区别,而没有优劣之分。比如感性人从表面上看,没有理性人精明会谋划。但他们本能强大,也有巨大的优点,比如在面对复杂事务的情况下往往更快速决断,避免踌躇过久。何况,感性人忠于本能,专心于生存和繁殖,因而总是数量庞大,是人群中的多数,所谓天下苍生,主要指的就是他们。另外,强大的理性对事物的发展预测得过于深远,既容易把事情想得过于复杂,也会因为想象中的后果过于严重而恐惧、忧虑和踌躇。俗话说"书生造反,十年不成",就是理性人这个缺点的生动写照。典型的理性人虽然因为强大的理性而多谋,往往是优秀的谋士,但他们中最优秀的代表之一如诸葛亮,也仍然会落得一个"多谋而少决"①的评价。

　　强大与否实际上也是一个策略选择的问题,一个强者凭其刚强,很可能因常和其他强者的竞争而容易殇逝,很多时候反而怯懦者因其怯懦,愿意多退一步而更能苟活。同时,智力超群者殚精竭虑,难免身体不堪负荷,不如愚笨者知足常乐,不但健康长寿,还生养大量后代。所以,我们很难讲什么才是强大的人,所谓怯懦、卑鄙、勇武、豪迈、阴险、高尚等,都不过是不同的人采取的不同求存策略。一个理性人可能聪明绝顶,看不上感性人愚笨木讷,实际上对方只是采取了与你不同的策略,他们不在智力这条狭窄的赛道上与你短兵相接,而是繁殖出大量的后代。经历几代浮沉,你可能因为子嗣稀少、乱世兵凶或者意外事故而断了香火,对方却仍然枝叶繁茂,族人众多且不乏强者、智者。考虑到整个人性的复杂,跨越时间和空间,你和他究竟谁强谁弱,还真不好说。

　　这和其他生物的情况有着一定的区别,它们仅仅作为生命体求存,唯一的目的是在某种固有的环境中,采用某种固有的方式,通过残酷的自然选择而继续存在。一只速度不够快的猎豹就要饿死,而特别聪明的工蚁在亿万数量的蚁群中没有任何优势和意义。人类在社会崩塌的情况下也类似,只有够强壮、够猥琐或者够狡诈的人才更能继续存在。但在人类社会运转良好的时候,因其复杂的分工,总能容纳各种特色的个人并发挥其长处。以军队为例,戚继光的"鸳鸯阵"是一个经典的阵法,其中,以粗壮力大者站前排持狼筅拒敌,敏捷者持盾牌侧卫,长枪手为

---

① 《晋书·宣帝纪》记载司马懿评价诸葛亮时说:"亮志大而不见机,多谋而少决,好兵而无权,虽提卒十万,已堕吾画中,破之必矣。"

主要杀伤力输出，头脑灵活、经验丰富者为队长。不同特色的人通过严明的军纪和有效的分工，各自发挥出特长，产生极强的合力。戚家军在与倭寇的战斗中，每战必胜，杀敌极多且折损极少，堪称史上有数的强军。

社会体就像一个结构更复杂的鸳鸯阵，只是规模、职责和目的不一样。在一个运转正常的社会体里，士农工商等阶层各司其职，互相配合，努力实现社会体的存在。

第十五章　人生的目标和意义

人为了什么而活着？这是一个亘古难题。很多强人都给出了自己的答案，比如东晋权臣桓温曾摸着枕头对手下说，大丈夫不能流芳百世，就要遗臭万年！[①] 穷学生刘秀在长安看到各种繁花锦绣，衷心地发出一声感叹：当官要当执金吾，娶妻要娶阴丽华！[②] 而仅仅19岁的戚继光就在诗中写下：封侯非我意，但愿海波平。[③]

他们都是强人，都清晰地表明了自己人生要追求的目标，以及他们所认为的活着的意义。桓温要的是留名，最好是美名，留不得美名就留恶名，总之要让世人记住他，以及他的厉害之处。刘秀羡慕执金吾的排场，还想娶大美女阴丽华当老婆。戚继光则从一开始就对名利没有兴趣，他希望平息倭患，让老百姓都过上平安的好日子。

---

① 《资治通鉴》记载："大司马温，恃其材略位望，阴蓄不臣之志，尝抚枕叹曰：'男子不能流芳百世，亦当遗臭万年！'"

② 《后汉书·皇后纪》记载："光烈阴皇后讳丽华，南阳新野人。初，光武适新野，闻后美，心悦之。后至长安，见执金吾车骑甚盛，因叹曰：'仕宦当作执金吾，娶妻当得阴丽华。'"

③ 戚继光诗《韬钤深处》。

人生何以有着这些纷繁芜杂的意义？要弄清楚这个异常复杂的问题，还是得先捋一捋，弄清楚活着有哪些意义。而在做这件事之前，不妨先搞清楚，什么是意义。

比如，月亮总是绕着地球转，月亮的这个行为是否产生了意义？要找到这个问题的答案，我们需要分析月亮为什么绕着地球转，如果月亮为了达到某个目的绕着地球转，而这个转圈行为使月亮距离这个目标更近了，那么月亮绕着地球转的行为就给自己带来了利益，因而对自己有价值，或者说，这一行为对月亮自己产生了意义。

月亮之所以绕着地球转，是因为遥远的历史中某刻，一个天体撞击了地球，导致大块的地球物质被撞而飞离地面，又没有足够的速度逃脱地球的引力，于是在高空轨道上绕地球公转，最后又因为引力互相吸引，形成了月亮[①]。也就是说，月亮并非有意绕着地球转，而是那些因被撞击飞离又聚集的物质，在引力的作用下，被动形成了这一结果，因而对其本身并不产生意义。

有趣的是，地球上的人们观察到月亮绕地球转的规律，于是用之来统计时间、指导农时甚至预测吉凶，于是月亮绕着地球转这一行为，对地球上的人们产生了丰富的意义。在这一点上，太阳也差不多，虽然太阳自身也不过是个不停发生热核反应的硕大球体，但它的光热驱动了整个生态系统的运行，对地球上的所有生灵来说都意义重大。

和太阳、月亮相比，竹子的行为却不太一样，竹鞭钻入新的

[①] "月球碰撞起源说"是目前解释月球形成的主流科学理论，由天文学家威廉·哈特曼（William Hartmann）与唐纳德·戴维斯（Donald Davis）于1975年提出，他们认为曾有一个火星大小的天体撞击早期地球，产生的物质碎片形成了月球。

泥土,就巩固了一块新的地盘,可以尽情吸收这块新地盘里面的营养物质,为新的竹子的生长提供支持,而地面上的竹笋冒头后,迅速生长出枝叶,圈住一片阳光,不断通过光合作用合成有机物,不但使竹子不断长大,也被输送回竹鞭,让竹鞭在土中继续蜿蜒,为发出新的竹笋积蓄力量。当我们观察到一株株竹子在山坡上最终汇集出一片片竹林时,再纵观这一系列的行为,不管是竹鞭在土中的钻营,竹笋的拔节还是竹叶的光合作用,都有一个明确的目的——让竹子这一物种衍嗣绵延,让这一生命体组方继续存在。

所有求存体都是如此,细胞、蚯蚓、狮子乃至蚁群,当物质组成了求存体,就拥有了一个追求存在的目标。它们的行为都服务于这个目标,虽然"存在"是一个在时间上永恒绵延的目的,不可能被完全实现。但若一个求存体的行为,能够使其组方在一段时间内持续存在,或者为其组方在未来的持续存在巩固了更多优势,它的行为也就为自己带来了意义。

这样一来,人活着的复杂意义也就不难分析了。一个人通常是一个生命体和一个意识体构成的杂合体,同时又作为功能单元参与一个社会体。这意味着一个人活着,便是一个生命体和一个意识体在追求存在,他又参与了一个社会体,为其提供求存力。也就是说,我们的"求存体构成"指明了与我们相关的那些求存目标——生命体、意识体和社会体的持续存在,因而,每个人的行为能够在这三个求存目标上产生三种意义。

首先,由于生命体是意识体和社会体的基础,所有人都首先是一个生命体,跟蚯蚓、竹子和蚁群一样,追求生命组方的存在。生命体组方自远古而来,是不间断地延续了40多亿年的伟大存在。一个人作为一个生命体,哪怕只是简简单单地活着,就因延续了这一存在而产生巨大的意义。简简单单的一餐饭、一杯水、一日劳作、一夕安寝,吃喝拉撒睡,这些行为足够平凡,却能够将延续了 40 多亿年的生命再接着延续,当这些行为串联成"日常生活",不断重复时,生命也就实现了持续的存在。

当然,光生存是不够的,人的寿命毕竟有限,一个人本身只能在死亡之前延续着生命体组方的存在。人死之后,必须有后代存世,他的生命组方才能继续延续。后代越多,生命组方的备份越多,抵御风险的能力就越强。子再生孙,孙又生子,子子孙孙无穷尽也,生存繁殖环环相扣而不间断,生命体就有了永恒存在的可能。在这个不断延伸的链条上,一个人能够完成的那一环,代表了他作为生命体所能实现的意义——**让宇宙间一组独特的生命体组方持续存在**。(当然,由于 DNA 的特点,一个人身上实际上拥有两套生命体组方,一套实存,指挥蛋白质合成了实在的身体,另一套虚存在 DNA 的编码中,通过繁殖把一部分传递给子女)

其次,意识体的意识世界一部分来自他人,一部分由自己创造。相应地,意识体存在的意义也分为两个部分——对来自他人的意识组方的传承和对自己创造的意识组方的发扬。当一个人从其他人那里得到意识组方,将之传承,使之不因人的死亡而失传,或以之为基础,加上自己的见解,构建起新的认知、方法和构想,又传递给其他人时,他作为意识体就实现了存在的意义——**让宇宙间一组独特的意识体组方持续存在**。

最后,社会组方存在于人们的意识世界中,即人们对于社会构成的共识,包括道德、法律、制度、文化等。人们遵从社会组方,通过分工给社会体提供求存力,一起帮助社会体实现了存在,因而产生了意义——**让宇宙间一组独特的社会组方持续存**

在。每个人都作为社会的一分子分享了这种意义，其体现方式多种多样，比如农夫耕种收获农产品、工人做工生产机械、数学家攻克难题等。这些可以笼统地描述为：为社会作出了贡献。

综而述之，一个人活着的目的归根结底在于实现某些组方的存在，无非是在生命体、意识体和社会体的层面，转化为三种意义：好好活着然后生儿育女，传承知识然后有所创造，以及传承文化然后建功立业。不同人的人生所追求的繁杂意义，都是这三种意义交织的结果（见图 28）。

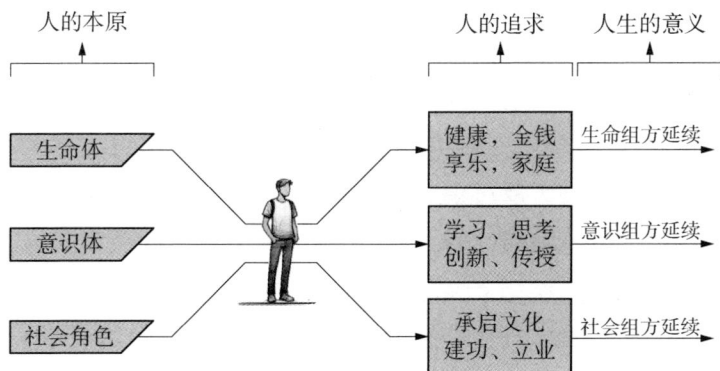

图 28　人生的追求和意义

"好好活着"具体到日常生活中，无非是"衣食住行"等细节，比如吃好喝好，无病无灾，环境安全，手头宽裕等。"生儿育女"则牵涉择偶、生育、养育、经营家庭等一系列问题。不管什么地域时代，人在生命体层面上活着的意义，大多体现在上述这些细节中。一个人纵使庸庸碌碌，只要命不早夭，膝下有子女成人，也能够含笑九泉。若能活得久一些，子女多一些出息一点，就足堪自豪了。

比如刘秀就看得很明白，他那个时代，在京城当执金吾，收入丰厚不说，地位还很高。而阴丽华是当时出名的美女，人的审美观经常改变,也不乏某些人群有着某种奇特的审美标准,但大部分情况下公认的美貌,无非身材窈窕、皮肤光洁、五官美艳这些代表着优质基因和发育良好的特征。

在刘秀的梦想中,他当上执金吾,就能得到丰厚的收入,足以应付生活的支出。然后娶基因优秀的美女阴丽华当老婆,再生上几个聪明伶俐的孩子,把他们抚养长大,人生就完美无憾了。他祖上虽然是皇族,但到他这辈已经没落。他9岁成了孤儿,投奔到叔叔家里种田为生,好不容易跑到长安来求学,都已经20多岁了。他未必没有宏图大志,但在那个落魄的时候不敢想得太大,倒也不足为奇。

大部分普通人也是这样,带着生存和繁殖的目标参与社会,做一份工作,承担一个社会角色,为社会体的存在贡献了力量,因而产生了意义。反过来,社会体考量个人对社会的贡献,将其放置到合适的位置,给予相应的地位和报酬。对个人而言,这就转变为个人通过参与社会体求存可获得的利益——"名利"。当一个人主要受到本能的驱使参与社会,它的社会行为无非是以社会背景为自然背景的生命体求存行为,和草原上狮子、羚羊间的弱肉强食没有本质的区别。他努力在社会上打拼,无节制地赚取物质资源,用来保障生存和供养家庭,养育子女,直至穷奢极侈、妻妾子女成群仍不罢休。

戚继光就不一样,他家虽然也不富裕,但好歹从小就有机会读书,文武双全不说,还有个世袭的武官职位。他未必不向往"执金吾"和"阴丽华",但他更是一个有理想的人,他的核心目标是平灭倭寇,使海波平息。作为一个武将,要想实现那样的目标,他必须有一定的社会地位,因此他努力上进,结交吴宗宪和张居正那样的高官,组建戚家军,努力获得去战场上实现理想的机会,最后通过一系列战役荡平了倭寇,彻底实现了自己的理想。

常人不管是习武还是从文,都很难做出戚继光那样的成就。但即使是最平凡的人们,在有生之年也或多或少接受一些思想,传递一些知识,那么他们也就为意识组方的持续存在产生了意义。而一个人若在传承意识组方的同时,还有所发扬,创造出未有的意识组方——一个新的理论、工具或方法,那么就产生了堪比造物主的功绩,意义非凡。人们追求个性,渴望自己与众不同的部分得到尊重和承认,主要也是追求这种功绩的体现。这也是人和人的区别所在之一,同样的工作,有的人做几十年也不过循规蹈矩,止步于一个工匠。而有的人却能更多地思考原理、提升技术、优化产品,不但"手熟"①,还"技近乎道"②,开拓出全新的意识组方来,取得意识体的成就,成为一代宗师。一个人不管做什么,若多多少少有所传承,有所开拓,有所总结,他作为意识体的存在便产生了意义。

所以,戚继光的不同之处在于,他主要受到理性的引导参与社会。他为自己设立了一个崇高的"但愿海波平"的理想目标——一个庞大的意识组方,他的行为服务于这个目标。当他达到他的目标时,他的愿景被实现,也就意味着他设立的这个意识组方成功地在现实中实现了存在,他的行为在意识体层面产生了巨大的意义。同时,在社会体意义上,虽然对戚继光来说"封侯非我意",但社会体也不吝于给他这样的人额外的奖赏,帮

---

① 指熟能生巧,欧阳修《卖油翁》记载:乃取一葫芦置于地,以钱覆其口,徐以杓酌油沥之,自钱孔入,而钱不湿。因曰:"我亦无他,惟手熟尔。"
② 指对技艺的追求,上升到道的层面,《庄子·养生主》记载:庖丁释刀对曰:"臣之所好者,道也,进乎技矣。"

助他们流芳百世。

桓温和戚继光又不一样，他出身贵族，一生下来就锦衣玉食，长大后直接娶了公主，当上了驸马都尉。对他而言，生命体和社会体追求的那些目标生下来就达到了，虽然很多和他一样的贵族少年都混成了纨绔子弟，一辈子跳不出吃喝嫖赌，但桓温不一样，他对已经拥有的一切并不满足，于是设立了一个庞大的理想目标——篡位当皇帝。为了实现这个目标，他先带兵平蜀，灭了成汉政权，然后又三次率军北伐，大权在握，位极人臣。最后他带兵入朝，废立皇帝，暴露出明显的篡位意图。虽然因为王谢等世家重臣的阻扰而没有成功，但这些做法让他成为一个彻底的权臣。即使不足以"遗臭万年"，流芳百世也是不用想了①。

桓温虽然和戚继光一样生活俭朴且颇有功业，但显然还是有区别的，他的目标主要在于个人的欲望——当皇帝，所以他西征也好，北伐也罢，都是为了借战争来揽权，并不是真的为了光复中原这样的崇高目标。所以他在北伐形势大好的时候几度犹豫，导致战机贻误。而一旦他的意图暴露，前方的敌人会早作防备，后方晋朝的君臣则从中掣肘，他要成功就更难了。

一个人要让人们称颂，就要为社会大众作出贡献，即使向往，也要等待社会反馈，而不是主动索取。像桓温，如果他锐意进取，以拯救中原百姓为念，真的光复中原，成为人们心目中盖世的英雄，那么人人拥戴，想称帝也不是不可能。可是他私念作祟，一到关键时刻就犹犹豫豫，一副军阀做派，一心为私，自然得不到大众拥护，成不了大业。

反观刘秀，虽然少年时只想着升官发财娶老婆，但他很快通

———————

① 《晋书·桓温传》。

过一系列的武功在乱世崛起，成为东汉的开国皇帝。然后他格局就打开了，目标也放大了，开始以天下万民幸福为己任，愿景比戚继光还要深重庞大。所以他一直生活俭朴，任用贤臣，治国勤勉，使国家在大乱后再度稳定，经济重新繁荣起来，史称"光武中兴"。他的儿子和孙子也很争气，延续了他的开明政策，开启了明章之治，把东汉国力推向了鼎盛。

刘秀作为帝王，一生的文治武功都堪称卓越，为社会作出了巨大的贡献，且品格高尚。他死后遗诏说"朕无益于百姓，后事皆如孝文皇帝制度，务从约省"，感人至深。他的教育也是成功的，从他到儿子汉明帝刘庄、孙子汉章帝刘炟，爷孙三代都堪称明君，汉明帝派王景治水，使黄河八百年不再泛滥。刘庄和父母的感情也非常深，传说有一晚，已近半百的刘庄睡到夜半，梦见自己幼年和父母在一起其乐融融的场景，醒来后悲伤得再难入眠。这样的温情，在自古冷酷的帝王家之中，实属少见[①]。

班固评价刘秀"勋兼乎在昔，事勤乎三五"[②]，可以和三皇五帝及所有明君并列。以这样的功业，刘秀得以流芳百世，永远被世人所铭记。戚继光也因为他的抗倭功业流芳百世，除此之外，他还有诗集《止止堂集》和著名兵书《纪效新书》存世，留下了很多意识组方。他们这样的人逝世以后，虽然肉体化为尘土，但他们的事迹仍然通过人们的口口相传和立书评说，被永远铭记——在人们的意识世界里继续存在。那虽然不再是一个有血有肉的活人，但同样性格鲜明，像戚继光，我们都知道他英勇、智

---

① 《后汉书·皇后纪》记载："明帝性孝爱，追慕无已。十七年正月，当谒原陵，夜梦先帝、太后如平生欢。既寤，悲不能寐。"

② 班固《东都赋》。

慧、能文能武，守大义且有手段，我们完全可以想象在后世的某个时刻的某个重要关口，如果戚继光还在世，他会做出怎样的选择。可以说他们在意识世界里指引、鞭策和陪伴着我们，在那里他们永远存在。

世人熙熙攘攘，大部分人奔走于升官发财、酒色财气，也不缺乏戚继光那样的理想主义者，有着人人平等、世界和平之类的高尚理想，这取决于人的求存体构成，及其交织的求存目标。一个人既然应该在生命体、意识体和社会体上各种成分兼具，且无所谓多少，那么人们最应该做的是认识自我，努力认清自身的求存体构成，找到最大的求存力。在此基础上去追求意义，既更容易有所成，也不至于因陷入自身不同求存体的内耗而彷徨。

比如一个人数学特别好，但情商不高，不擅长跟人交流，这大概率意味着他的理性能力较强，他就应该努力去追求意识体的成就，比如从事理论研究工作。如此做得轻松愉快不说，还容易出成果。如果他去从政或经商，天天与人打交道，总是做着自己不擅长的事情，强大的理性因为发挥不出来而饱受压抑，同时弱小的感性本能难以应付碰到的问题，自然总是失败而处处碰壁。于是意识体郁郁不得志，生命体痛苦不堪，也就不用指望社会能给予他什么好评价了。

人类社会极度复杂，各种能力都能找到用武之地，对一个人来说，"天生我材必有用"，不管自身的求存体构成如何，总有一些擅长的能力能够脱颖而出。只要在社会体这个大鸳鸯阵里找到一个适合自己的位置，通过它将自己的求存力传递给社会体，就能为社会体的繁荣作出贡献。"天下兴亡，匹夫有责"，社会繁荣昌盛，个人的存在才有了坚实的基础。若是人人都不能正确认识到自己的社会角色，只认同自身是一个独立的个体，"人不为己，天诛地灭"，社会体的崩溃就只是时间问题。而社会一朝崩溃，对个人来说不啻为一场灾难，人们因为合作被破坏而无法创造足够多的生存资源，就要为了争夺有限的生存资源进行与禽兽无异的生存竞争了。

如果一个人没能在社会体中找到自己合适的位置，或发挥的机遇未出现，不妨退一步去经营好自己的家庭，用心养育儿女。同时提升自我，与人为善，等待机遇的出现。退一万步讲，起码也完成了生命体的传承和延续，不但实现了生命体存在的意义，也能在这个过程中得到生命体的丰厚回报——享受到亲情、爱情等真挚的情感带来的许多幸福和快乐。

在平淡的岁月里，这样的快乐是必要的，人们的理性需要目标的指引和快乐的安抚。有理想自然是极好的，如果一个人找到一个值得为之付出一生的理想，又有着能够承受这个理想的能力，那么就去奋斗，去付出，即使付出任何代价，也不枉一生。问题在于，由于生命体的强势，芸芸众生大部分的理性并不那么强大，而是被本能牢牢掌控。因而对大部分人而言，理想是奢侈和不切实际的存在，为了生存和繁殖而去熙熙攘攘的人间烟火里出入作息，收获平凡的幸福，才是可以把握的现实。

即使如此，当理想缺失的时候，理性还是会不可避免地陷入彷徨。所以，哪怕理性再弱小，人们也总要通过某种方式去有所寄托，比如打麻将，一把牌到手，便有了一个需要处理的局面和胡牌的目标，理性暂时得到了寄托，并随着牌局的进展而紧张、激动、沮丧和期待，胡牌的一刹那，产生实现目标的巨大成就感。在一局又一局的承接中，理性不再彷徨，而时间在充实的假象下被顺利地杀死。除了麻将，人们还沉迷于打纸牌、钓鱼、追星、长跑等爱好,只因为人总还有着理性的生命体,需要创造一定的快感给自己,不管是鱼儿上钩、游戏过关,还是"爱豆"恩赐一个微笑,那一刹那心头涌起的欢愉,终归让理性得到些许安抚,于是活在有目标的幻觉里,便似乎不那么彷徨了。

第十六章　生与死

　　人何谓生死？我们通常以为一个婴儿呱呱坠地是诞生，一个老者溘然长逝为死亡。

　　通常情况下，这样的认定并无问题，甚至是常识。但在某些特定的情况下，也会出现分歧，特别是当一个行为牵涉社会后果时。比如怀孕的女人走到医院要求堕胎的时候，医生帮不帮她实施这个手术？

　　现实没有定论，不同的社会体在这个问题上有着不同的共识，以及不同的利益诉求和现实考量，因而有着不同的规定。

　　从生命体的角度看，人生应该从受精卵形成的那一刻开始，在那之前，亿万不尽相同的精子展开以卵子为目标的长跑，未来将要诞生的那个人有着无数可能。产生冠军的一刹那，一套独特且完整的生命体组方完全形成，不再更改。

　　也就是说，我们大部分人作为生命体的人生，始于一个细胞——受精卵，那时的我们在母亲的生殖系统中"游走"，直达子宫，着床于某处，然后开始快速分裂，长出心肝脾肺肾脑皮肤肌肉骨骼等，逐渐形成人形。随着感官和大脑的发育，开始少量接收来自环境的信息，但真正开始认识世界，要等分娩后睁开眼睛。即便如此，一个人开始明确地分辨出环境中的事物，同时清晰地意识到自己的存在，都已经是出生好长时间后的事情了。

人都有所谓"记事起"的时刻，就是能够回忆起的人生第一刻，分布在 1～6 周岁之间，也有的人甚至能够回忆起襁褓中的情景。但无论如何，作为意识体的"我"的出现肯定晚于生命体的分娩。同时，受限于接受信息的速度，意识体成长缓慢，为此人类不得不进化出超长的幼态期，并随着知识量的增长安排越来越长的教育期，让意识体有足够的时间去学习和成长，直至成人。

成人期也是一个模糊的概念。通常，动物进入繁殖期就成年了，从生命体的角度而言，人类男孩遗精和女孩月经初潮表明他们开始拥有繁殖能力，可以说在生命体意义上成年了，古代乃至 100 多年前的近代，很多人十五六岁甚至更年幼就结婚生子了①。但由于意识体超长的学习期，特别在知识量暴增的现代，这个年纪的人还在上中学，还是不折不扣的孩子。人们形容他们"心智不成熟"，实际上指的就是意识体不成熟，理性还未充分形成，做事情还很"幼稚"，即使他们的身体已经拥有了繁殖能力。

社会体不能接受模糊的成年概念，因为法律对成年人和未成年人的权利和义务有着不同的规定。一个社会意义上的成年人必须对自己的行为负全部责任，必须完全明白自己的行为可能造成的后果，在这一点上，理性的成熟至关重要。从这个角度看，可以认为成年的那一个时间节点是人作为社会功能单元的"诞生时刻"，之前的未成年期类似于生命体的胎儿期。所以，一

---

① 《礼记·内则》中提到："女子……十有五年而笄。"这句话的意思是，女子到了十五岁，就要举行及笄礼，用簪子将头发绾起来，表示已经成年，可以谈婚论嫁了。

个人在社会意义上的成年实际上指的是意识体的成熟，以及相应的在社会关系中作为独立个体的诞生。只是不同的社会体对意识体成熟的认定有着不同的看法，因而对成年年龄有不同的规定，分别为 13 周岁①到 20 多岁不等，其中以 18 岁最多。当一个人在此意义上成年，意味着他"诞生"为一个社会人，可以参与社会分工并领取报酬，拥有完全的社会权利并承担完全的社会义务，受到道德和法律的约束，为自己的社会行为负责。比如，成年人可以和心仪的配偶结婚，然后生活在一起，生养子女。繁殖本来是典型的生命体求存行为，但在社会环境下，繁殖行为牵涉太多的社会关系，因而社会体通过所谓的"婚姻制度"对其有所规定。

同样地，人的死亡牵涉一系列的社会关系的消失，因而社会体对死亡也必须有所规定，即什么情况下可以认为一个人死亡了。通常有心死亡和脑死亡两个标准。小说里常写人死亡的时候"咽下了最后一口气"或者"心跳渐渐停止"，就是以呼吸停止或心死亡为死亡标准的。

一般心死亡和脑死亡发生的时间相隔不远，以两者任一为死亡标准区别不大。但在一些特殊的情况下也有出入，比如车祸导致人变成所谓的"植物人"，一般指大脑不可逆转地被损坏了，也就是人已经脑死亡，但呼吸和心跳还可以在机器的帮助下继续运行。如果仅仅从生命体的角度看，那么大脑不过是人体的一个器官，大脑死亡相当于失去一只手或者切除胆囊，只要生命还能继续维持，不能认为整个生命体死亡。

但是，意识体是依赖于大脑存在的，如果大脑死亡，那么意

---

① 伊朗《民法典》规定男性成年年龄为 15 岁，女性为 13 岁。

识体必然消亡。也就是说,如果一个人确定脑死亡,那么那个有着主观思想的意识体,以及行使社会功能的社会人,实际上已经不存在了。因此,现在大部分国家都以"脑死亡"为死亡标准。而在被脑死亡所确认的意识体死亡的时候,生命体未必死亡,还可能以植物人的状态存在很长时间。还有一些特殊的情况,比如疾病或受伤导致大脑虽然还能运行,却部分地失去了功能,比如老年痴呆症,当其发展到一定阶段时,患者几乎失去了自我和记忆,连自己的亲人朋友和熟悉的物品都不认识了,这种情况下,人还活着,吃喝拉撒都会,也就是生命体依旧生存,但意识体几乎已经丧失了(见图 29)。

生命体也好,意识体也罢,都是一个求存体组方追求存在的方式。宇宙中的每一块陨石也都有其独特的结构(组方),纵然它们的数量以亿万计,但它们任何一粒都是独一无二的,只不过它们不可避免地碰撞撕裂,其结构也就不可避免地不断发生变化,也就是说,一个个独特的组方不断地诞生又消亡,一旦消亡,就再也不复存在。

生命体最宝贵之处在于实现了持续存在,自从第一个生命体——老祖诞生以后,它迅速打开了 DNA 的两条长链 A 和 B,让它们各自按照碱基配对原则从环境中吸收对应的核苷酸,形成两个"新的"DNA 分子 Ab 和 aB,A 和 a 一模一样,b 则与 B 一模一样。也就是说,老祖把自己的 DNA 从中分开,复制出一模一样的两个自己,就像把忒修斯之船①平均劈成两半分开,再各

---

① 古希腊哲学家普鲁塔克提出的一个哲学问题,传说雅典人为纪念英雄忒修斯,将他远征的木船保留起来,称其为"忒修斯之船",还不断更换随着岁月流逝逐块朽坏的木板。普鲁塔克问,全部木板被更换一遍后,这艘船是否还是"忒修斯之船"?

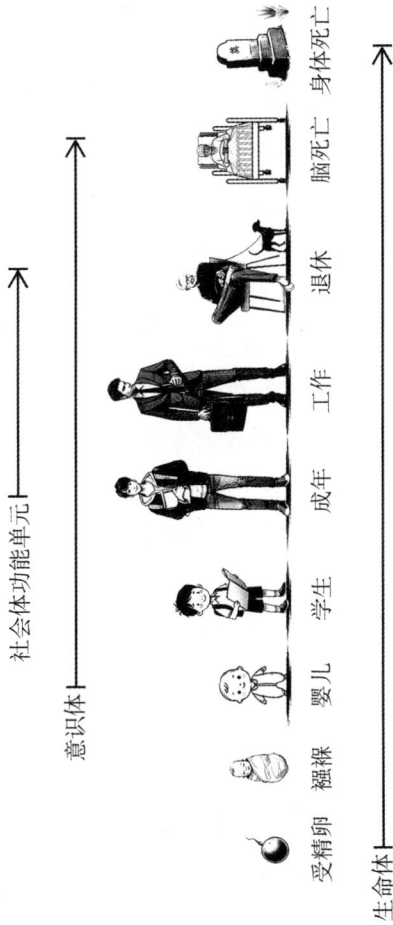

图 29 一个人的生死

社会体功能单元

意识体

生命体

受精卵 襁褓 婴儿 学生 成年 工作 退休 脑死亡 身体死亡

自给它们按原样修补完整。

老祖分裂后,所产生的 Ab 和 aB 有着完全相同的结构,纯粹从结构看,它们实际上都是 AB,考虑到它们甚至各自有着一半直接来自老祖,甚至可以说它们就是老祖。也就是说,宇宙中原来那个独一无二的组方——老祖,现在有了两个。随着这样的复制继续进行,两个变四个,四个变八个,渐渐变成无数个。虽然在不断复制的过程中不可避免地发生了一些变异,但每次的变化都在极小的范围内,就像海上航行的船,经常因损坏而修补,但每次都只是换一小块船板或补上几枚钉子,船还是原来的船。

虽然这些修补随着时间的累积,变得越来越多,生命的忒修斯之船慢慢变出了蓝鲸、蜘蛛和竹子这样千奇百怪的外形,但由于每次都只发生细微的变化,沿着这个漫长的过程一路看来,甚至可以说每个生命体就是老祖,所有生命体都是老祖。通过亿万年的努力,老祖变化出一整个生态圈的万千生灵,它们千姿百态,各有所长,不管环境怎么变化,什么样的灾难降临,都有能够应对变化的生命体生存下来。形态各异的生命物种,不过是生命体追求存在的手段。

在此意义上,一个生命体所谓的"诞生",实际上并未创造什么新事物。它的组方早已存在,就像一条源自老祖并向未来无限延伸的链条,任何一个生命体都不过是这一链条在时空上往前续出的一环,而它"死亡"也并不意味着链条的终结,假如它在死亡之前通过繁殖续出了下一环的话。

生命体通过这样的"前环接后环"完成了生命体组方的传承,一个人在生命体层面的存在意义即完成属于自己那一环的承上启下——生存和繁殖。但在意识体层面,任意两个人之间都不存在必然的传承和延续。每个人的意识世界都是吸收了不同环境的信息，从虚无中搭建而成的。甚至父母和子女之间，因为诞生时间和生活空间的不同，所经历的事物往往也存在一定的差异，其意识组方也就有着相应的隔阂，形成所谓的"代沟"。

意识组方之间最纯粹的延续体现在师徒关系中，师傅的某缕组方通过教学传递到了徒弟的意识世界里。当老迈的师傅去世，他脑中的意识组方虽然随着身体的死亡而消散，但已经有一个相同的备份留存于徒弟的脑海里，延续着这一意识组方的存在。子女虽然在父母身边长大，接受父母的教育，但不一定接受父母的理念和观点。因此，所谓亲子传承，现实中传承的是生命组方，那些希望子女传承自己的理想、技能和观点等意识组方的父母，经常要收获失望。

一个人的诞生并非生命体组方的新生，而是旧生命体组方的延续，只有在意识体层面上才意味着一个全新意识体真正的诞生。相应地，一个人在死亡的时候如果有子孙存世，那么他在生命体意义上并未死亡，真正死亡的是意识体。

这也意味着，生命体的生死不完全是单一个体的存灭，而和他在生命链条上前后关联的环都息息相关，因为他们之间或多或少有着共同的生命组方。现实中，人们也总是依照亲缘的厚薄程度表现出亲疏来，来自同一个地方的陌生人虽然亲缘稀薄，但是他乡相逢，仍然不免"老乡见老乡，两眼泪汪汪"。到得国外，即便各自来自天南地北，只要是同国人，同胞之情便油然而生。假使有一天外星人侵略地球，所有人类，不管什么肤色、民族，都必然因共同的种族和生命形式而同仇敌忾。

生命体的竞争也不是个体和个体之间的斗争，而是拥有着共同生命体组方的一整个亲戚圈子的较量。本能所考量的利益,也并非完全是个体生存的利益,而是尽量使所有共同的生命组方"更能存在"。这一方面造就了亲情本能,让人不仅仅只做对自己有利的事情,还要兼顾到亲人们。另一方面,在资源不足的时候,要把资源集中到更重要的人身上去。对一个生命体来说,父母、兄弟姐妹和子女是最重要的,其中,子女又比父母重要,因为子女是生命组方向未来延伸的基础。随着时间的流逝,老人的重要程度还会进一步下降。所以,不难理解老人们总是将资源让给孩子们,在一些生存环境恶劣、社会发展程度不高的地方,文化上甚至有着弃老的行为——人们将超过一定岁数的父母遗弃。如果资源太少,不能保障所有人的生存,兼顾所有人则意味着所有人的生存都将受到威胁,那么将"没用"的老人丢弃,把生存资源留给更年轻的子孙,让他们不至于殇夭,或供养更多的子孙,是对所有人来说最有利的做法,包括老人自己。

现实中本能的考量还要复杂得多,首先,父母会判断子女的质量,而向高质量的子女投入更多,期待在将来这个优秀的孩子可以开拓出更大的生命总量。其次,对不同的时间价值加以区分,比如有繁殖能力的时间有限,因而父母也必须对自己的沉没成本加以考虑,从而相较于青年父母,中年父母会集中更多精力到孩子身上,而老年父母因为失去了繁殖能力,就完全以子女为中心了。最后,还要考虑风险的破坏力,在夭折率高的年代,更大的孩子意味着更多的投入和更小的夭亡风险,所以长子女也总是在父母心目中地位非同一般。

在危急时刻,父母会为了子女付出一切直至生命的代价,因为对生命体来说,后者太重要了,若不能留下子女,父母的生存意义是有限的,他们的生命体组方只能延续至死亡为止,然后就将永远消亡。一个人到了性成熟的年龄,父母和他自己的本能都会催促他赶紧抓住机会去寻求配偶和繁殖后代,因为随着时间流逝,他们的生命体量都在减少,如果不通过创造子女以及潜在的孙辈来增加生命体总量,他们共同的生命体的求存行为就有宣告失败的风险。从生命体的角度看,这样的干涉不但必要,且至关重要,它敦促一组生命组方相关的所有生命体付出努力去维护共同的求存利益。但从意识体的角度看,这样的干涉是粗暴且无理的,他们从自身的角度想当然地认为,每个人都是独立的个体,拥有自主的行事选择。即使是父母,也没有权利去干涉这样的自由。

显而易见,一个人理性越强大,就越容易摆脱生命体求存目标的设定,越会转向自设的理想目标。当人们有了更多的目标选择,就会自然而然地对这些目标进行比较,衡量投入和产出。于是,当现代社会给予了年轻人更多工作和生活的选择后,一个重要的问题接踵而来——为何要养育子女?从成本考虑,养育子女实在是件得不偿失的事情——不但耗费巨大,还要牺牲自己大把的自由时间。

当然了,只要想到这点,就会体会到父母的付出,子女们难免会产生"一代还一代"的报恩感,本能地产生如"生个孩子让父母快乐"的念头。社会也为了得到人口而总有着鼓励生养的文化,比如"男大当婚,女大当嫁"。

但当子女用理性去细细考量生儿育女背后的利益的时候,还是会找到很多值得踌躇的地方。比如父母已经在养育过程中得到了很多乐趣,所以子女并没有为了报恩而去生养后代的必要。又或者父母的时代有着"人生必须养育子女"的理念,因而父母养育子女会带来完成使命的价值感,而新的时代没有这样的理念,养育子女不会给子女带来同样的价值感,等等。

当他们开始思考这些问题时，就会进行基于自身利益的考量，进而对费心费力费钱的生育行为产生巨大的抵触。也因此，若要人们进行生养活动，就要努力灌输给他们必要的理念。比如古代人们说"女子无才便是德"①。要令女子无才，便会剥夺她们的受教育机会，使她们无法养成理性强大的意识体，就容易被本能或某些别有目的的社会观念愚弄和束缚。一旦女性被解放，接受教育，养成强大的理性，开始独立思考，去寻求意识体存在的意义，生育的意愿就大大下降了。

至今为止，社会体以个人为基础，因此人的繁殖对社会来说有着重要的意义。如果一个社会的人们不能稳定地繁殖出新人，社会体的存在就失去了基础。社会组方在形成的时候，总是安排了相应的道德共识，在孩子们懵懵懂懂的时候，就强塞到他们的意识世界里，让他们视之为天经地义。比如"不孝有三，无后为大"②。当孩子们懵懵懂懂地长大，稀里糊涂地生儿育女，发现自身的本能支持这样的做法，比如看到孩子就开心，为了亲人付出总是心生愉悦，就会觉得这些规定都是正确的，一辈子劳累也心甘情愿。

从社会体的基本定义上看，人们参与分工合作，为社会体贡献求存力，就该得到应有的利益分享。人们的繁殖行为既然对社会体的存在至关重要，在这一行为中提供的工作就应该得到报酬，像所有其他种类的工作一样。问题在于，人的产生对生命体也至关重要，可以说生命体的存在依赖于繁殖是否成功。所

---

① 陈继儒《安得长者言》："丈夫有德便是才，女子无才便是德。"

② 《孟子·离娄上》："不孝有三，无后为大。舜不告而娶，为无后也，君子以为犹告也。"

以,生命体利用本能驱使人们去繁殖,甚至于繁殖得不那么成功的生命组方都要被自然选择淘汰。

因此,在繁殖这件事情上,生命体和社会体之间存在利益博弈。对社会体来说,既然生命体如此在意繁殖,何妨把繁殖的责任转嫁给生命体,让家庭去承担所有繁殖工作,甚至为社会教育支付大量费用,只在孩子们成年成才的时候,给他们一个认证,把他们吸纳进社会体,利用他们的求存力进行自身的求存。

这导致的结果是,明明对孩子的生养和教育是社会体不可或缺的工作,社会却把这些工作完全或大部分推给了家庭,而那些主要承担了这些工作的父亲和母亲们,特别是一心扑在家庭上的家庭主妇们,几乎没有得到或者很少得到来自社会的酬劳,这显然违背了社会体最基本的分工分配原则。为了掩盖这里面的"猫腻",社会在漫长的年代里,通过社会组方的设定,如建立"成家立业""男主外,女主内""女子无才便是德"等文化,剥夺了女人们受教育和参与社会分工的权利,令其行为局限于家庭之中,更多地受本能控制,源源不断地为社会制造并培养出好用的人"材"来。

进入工业社会以来,随着社会的发展和技术的进步,知识工种越来越多,人们需要的知识量越来越大,加上战争带来的人力损耗等契机的出现,社会不得不教育女人们,让她们走上工作岗位。当女人们的理性因此得到顺利的成长,伴随着利益的考量,生育意愿迅速降低,生育率也随之下降,人口迅速老龄化,这在众多的工业化国家成为一个棘手的问题。

生命体自然不会对这个问题坐视不理,但繁殖行为的投入产出不对等也过于显著了,特别在"多子多福"这样的观念不再流行,加上游戏、电影电视等娱乐产业的发展导致人们获取快乐的选择增多,以及教育成本升高等因素的共同作用下,本能若要操纵人们仍然去进行繁殖行为,就必须增强其生育本能并压制其理性,让人们越发"蠢笨"。但过于蠢笨的人在当今这样复杂的世界里竞争力显然堪忧,也不是生命体所乐见的。

何况精明的意识体既然参与了繁殖的博弈,就没那么好糊弄了,这倒逼社会体做出让步,给予生育和养育工作一定的报酬。很多国家都已经开始给出生的孩子发补贴,或在税收上向有孩、多孩家庭倾斜,努力拉升生育率。这终将是一个有效的方法,如果人们的繁殖行为被社会体承认为工种,得到应有的报酬,人们生养孩子等于是在工作,只要酬劳够高,自然会有大把的人愿意去做,就像所有其他工种一样。

第十七章　爱

宇宙万物难免冰冷，即使像太阳那样的恒星释放出巨大的热量，温度升得很高，也不过是一片炽热的死寂。物换星移，只是物质遵循了物质变化规律的"机械性"的变化。生命也是如此，如果我们从物理的角度观察生命，实际上，所有生命体都由物质组成，所有生命活动都遵循同样的物质变化规律，生命体无非是某种形式的机械体。

但我们若就此认为人就是机器，肯定大部分人都不能赞成。比如白娘子就无法苟同，她对许仙的深情，连雷峰塔都压不住。即使不考虑文学加工的影响，仅仅是一个普通母亲凝视她襁褓中的婴儿，那种满溢的慈爱及其背后的力量，也足以让人深深地感动和震撼。

不仅人类，动物界的母亲也不乏温情，鳄鱼妈妈甚至会不吃不喝守候它的卵几个月之久，直至她的孩子出壳。这样的爱是我们广为歌颂和赞叹的对象，它参与塑造了我们的世界，影响事物发展的结果。让有情的世界，在物质的死寂宇宙中显得如此不同。

所谓的"爱"或"情"到底是什么？上述的母爱很伟大，却也最容易理解。自然界多的是千奇百怪的繁殖策略，有的物种生下后代就撒手不管了,比如很多鱼类,父母各自把巨量的精子和卵子排放到水里,然后就抽身离去,完全不去管受精及之后孩子的成长过程。有些物种的父母则为子女投入更多,比如鸟类,父母生下蛋后还要花大力气孵化,再辛苦喂食雏鸟,直到它们成长至能独立生活;又比如人类,作为胎生的哺乳动物,不但要怀胎十月、哺乳数月乃至数年,还要为孩子长达十几年的教育过程投入大量资源。显然,采取后一种策略的生命体物种,必然需要演化出一种强大的本能,在亲代和子代之间建立牢固的联系,让父母在子女还是蛋或胎儿的时候就产生一种不明就以又刻骨铭心的亲近、喜欢和血脉相连的念头,为其提供舍生忘死的保护、无微不至的照顾和呕心沥血的供养。

演化同样塑造了两性繁殖的模式,所以,也必然需要在两性之间创造另一种本能,以让互为异性的两个陌生人能够走到一起,去合力开展繁殖活动。自然界有着千奇百怪的择偶策略,比如雄性孔雀通过炫耀尾羽来获得"意中雀"的青睐,同样人类也通过审美的本能来唤起心中的一种重要的情感和爱意,产生巨大的力量把两个人吸引到一起。

许仙对此必然深有感受,当他在西湖畔断桥边一眼看见美女白素贞时,他身上生命体的本能迅速被唤起,视觉、听觉乃至味觉全面打开,感受到对方身上的美丽的外表、甜美的声音乃至芬芳的气息,体内产生强烈的快感,迅速"坠入爱河",不能自制地"爱"上了她,这种爱通常被称为"恋爱"。

白素贞对眼前这个英俊挺拔的少年也爱慕不已,两个人在白堤上了船,还没到钱塘门已经两情相悦。几番往来,很快就结了婚。在他们因恋爱吸引而走近的过程中,也越来越情投意合。婚后他们生了一个儿子,又开设医馆"保和堂",对内举案齐眉,对外救死扶伤，慢慢建立起了一种深厚的爱，这种爱通常被称为"恩爱"。

情人或夫妻之间，总是恋爱和恩爱同时存在，一起融合出所谓的"爱情"。年轻人常常将强烈的、不能自制的恋爱理解为爱情，称之为"真爱"，并对基于理性认同的恩爱嗤之以鼻；而阅历丰富的人则往往相反，他们认为后者才是经历了时间考验的真爱，同时斥前者不过是一时冲动。

人们在爱情概念上的混乱源自对生命体和意识体的混淆，当我们已经了解到，人是生命体和意识体组成的杂合体，就可以清晰地分辨这两种爱。恋爱是生命体对生命体的生命组方的认同，以本能为基础，被感官接触到的第一手信息触发，在大脑还来不及思考的时候就"一见钟情"，纯粹的恋爱甚至排斥理性的介入，所谓的"爱不需要理由"，就是如此。而恩爱更多的是意识体之间对意识组方的认同，以理性为基础，在天长日久中厮磨和濡沫，讲究的是一个志同道合和理解包容。

当许仙第一次注意到白素贞的一刹那，他身上的生命体通过眼睛、耳朵和鼻子接收到白素贞的生命体蕴藏在颜值、身材和气质中的信息，判断出对方生命组方的质量符合自己对配偶的要求，于是本能迅速做出反应，身体分泌出大剂量的激素，恋爱感油然而生，让他心跳加快、意识凝滞，巨大的快乐全身游走。这样远超日常水平的愉悦感激发出不可遏制的爱慕动机，激发出追求的行动，力求与对方接近并创造繁殖后代的机会。恋爱绝非虚妄之物，它是一个两性生殖的生命体对配偶身上优质遗传信息的认同，它直接指向交配和生育，服务于繁殖的目标，对生命体求存的成功至关重要。何况恋爱产生的情感既热烈又美好，能让两个毫无关系的人产生"在一起"的强烈愿望，使平淡的生活凭空产生出无数的情趣。

在这样的愿望和情趣陪伴下,许仙和白素贞长相厮守,在这个过程中,他们大量交流想法,也都发现对方善良正直,知识丰富,待人宽和,知情知趣。两个人都认可对方的品行并欣赏对方的特质,于是一起养育孩子,经营医馆。他们彼此尊重对方的观点,遇事有商有量,也信赖对方的做事方法,配合默契。他们之间产生了能稳定激发宁静、温馨和幸福的爱——恩爱。

我们恐怕很难争论清楚恋爱和恩爱何者更是爱情,它们分别在两个人相处的不同阶段意义重大。首先,人既然是生命体,繁殖就是必要的,而繁殖需要两个人的密切合作,因而恋爱是必要的。自然状态下,人总是因为恋爱的互相吸引而走到一起,享受一段不可多得的快乐时光。

但是,教养子女耗时极长,生活也不全是繁殖,还有大量其他时间要一起共度,比如谋求生计的辛劳,衣食住行的配合,免于孤独、危险的陪伴等。漫长的日子难免平淡,而热烈的恋爱总是快速消退,在那以后,基于理性认可的恩爱就是必要的,否则两个人在一起即使不龃龉不断,也寡淡无趣。完美的爱情则必然两者兼具,就像许仙和白素贞那样,先恋爱后恩爱。甚至于当两个人恩爱愈深以后,恋爱还不退却,那真可称得上是神仙眷侣了。

由于一个人在生命体和意识体上各种成分兼具,那么爱情也不应该求全,而允许各种比例的存在。毕竟白娘子的故事只是神话传说,凡人恐怕难以奢望那样完美的结局。但对凡人来说,即使热恋易逝,能够轰轰烈烈地恋爱一场,也就没有辜负青春一度。或者两个人平平淡淡的,虽然没有激情四射,但恩爱一生,相互扶持不离不弃,也有白头偕老的温馨。何况,不同的爱情策略能够为繁殖行为带来不同的利益，比如一个男人恩爱无限，眼里只有一个女人，断绝了和其他女人的恋爱。那么他会把所有的精力和资源用到这个女人和她的孩子身上。对他来说，这样的做法虽然减少了孩子的数量，但因资源集中且持久，生活稳定幸福不说，也容易培养出健康优秀的孩子来。而另一个男人到处滥情恋爱，却从不负责，不和任何女人建立恩爱。他的行为难免伤害那些女人们，并令她们和他的孩子们承受单亲之苦和贫穷之累，对他们的身心成长不利。但比起深情的男人来，他可以和更多类型的女性结合，产生更多更多样的后代，这对繁殖来说也不无优势。因了各自的优势，在求存律的作用下，世上从不会少了深情和滥情的男人。也使得女人们既在理性上向往深情的男人，渴望生活在好男人的长久呵护中；又有着"男人不坏，女人不爱"的本能，好让后代得到那个坏男人的好基因。

人类是群居的哺乳动物，演化赋予的特点即亲人间互相扶持分工，共同求存。所以，我们的本能就是在亲人之间共享共同的生命组方，有相当一部分生命组方是完全相同的。因而他们之间天然有着共同的求存目标，所以，亲情也是最本源和深重的爱。人被亲情维系在一起，甚至可以组合成家庭求存体，以后者为中心进行求存活动。这是在恋爱之外，基于本能的另一种重要的爱——亲人之间的"亲爱"，通常称为"亲情"，可分为长辈对晚辈的"慈爱"，晚辈对长辈的"孝爱"，以及兄弟姐妹之间的"悌爱"。

显然，爱情和亲情有着本质的不同。有着亲情的求存体之间必然有着共同的求存组方，因而他们天然有着共同的求存目标，和相应的亲情羁绊。出于近亲繁殖的缺陷，坠入爱河的两个人却往往没有血缘关系，只是由于两性繁殖的需要，一个人必须找到一个异性配偶，通过合作才能繁殖出后代来。而在求存律的作用下，人总要尽量繁殖出优秀的后代，才更能保障存在。所以，爱情的本质在于一个人对潜在配偶的"优质程度"的认定，其中，本能对优质的生命组方的认定产生恋爱，而理性对优质的意识组方的认定产生恩爱。

由此我们可以做一个小结，所谓"爱"，即一个求存体基于求存的目标，产生对另一个求存体的求存组方的认同，从而愿意将自身的求存力用来服务于对方，具体表现为对对方的理解、看重、宽容和喜欢等态度以及取悦、配合、保护和帮助等行为。

配偶之外的两个意识体也会对对方的理念认知、人品修养、行事方式等意识组方产生认同、欣赏的感受，因此产生一种类似于恩爱的情感，通常称为"友爱"或"友情"。友情也筑基于理性的认同，因此也必然要承受住时间的考验，所谓"日久见人心"，真正的友谊，必须要等两个人充分理解到对方意识世界深处真正的想法后，才能产生。而一旦两个人之间的友情经历住了考验，则成为真正的朋友，因为彼此相知，通常称为知交或知己。

一个人对身边的人，根据关系远近，或多或少有点友情。对其他陌生人，则出于对共同的意识组方（比如相近的价值观）或生命组方（相同物种）的认同，产生一种普遍的爱，虽然这种爱比较稀薄，但因为广泛存在，且是社会体赖以形成的重要基础，很多思想家对其有着不同的定义。比如儒家提倡"仁爱"，主张"仁者爱人"，但要推己及人，根据他人跟自己的亲疏远近施予爱意，"老吾老以及人之老，幼吾幼以及人之幼"；墨家提出"兼爱无差"，要求所有人没有差别地彼此爱护；道家则认为人和人之间"无爱"，不需要特意去爱护，而应该将整个世界视为一个整体，个人参与其中，依据自然规则行事，不额外争取，通过个人的无为而使整个世界大治，实际上产生了一种个人对整个世界的爱意，即所谓的"无爱之大爱"。

　　大爱也是人们广泛认同的，毕竟人们生活在世界之中，也总是通过某些理论把世界看作一个整体并希望它运转良好。大部分人偏爱简单的理论，比如认为世界由特定的神灵创造和掌控，这种情况下大爱表现为"神爱"。

　　一个意识体若认可社会体的社会组方，也会产生一种衷心相向的爱意，愿意为社会体的求存目标鞠躬尽瘁，贡献自己的求存力，这种情感可称为"忠爱"。社会体自然希望人们心怀忠爱，多为社会作贡献，因而甚至会把它提升到和亲情相提并论的地步，提出所谓的"忠孝不能两全"。不同时期不同地域的人们对此两者的轻重衡量不同，春秋时卫国大夫石碏为了国家诛杀儿子石厚，《左传》的君子称赞他"大义灭亲"。而孔子认为亲人犯了罪，不应该互相揭发，而应该互相遮掩，即所谓的"亲亲相隐"，朱熹评价道"父子相隐，天理人情之至也。故不求为直，而直在其中"，认为亲情是至高无上的天理人情，虽然彼此遮掩是不正直的行为，但其中蕴藏的亲情是最大的正直。现代法律也对此有所顾忌，比如 2012 年修订的《中华人民共和国刑事诉讼法》规定了："经人民法院通知，证人没有正当理由不出庭作证的，人民法院可以强制其到庭，但是被告人的配偶、父母、子女除外。"

　　人对自己也存在认同问题，因而产生了"自爱"。因为人分生命体和意识体，自爱也可分为"感性自爱"和"理性自爱"，分别对应生命体的本能和意识体的理性对自我的认同。

　　对生命体来说，所有用于生存和繁殖的构造和功能都至关重要，因而人们通常对人的外表或能力有一个公认的优秀标准，比如优秀的男人应该身高腿长、肌肉健硕有力、眼神锐利等。相似地，意识体们也对理性能力设有优秀的标准，比如优秀的人应该思维敏捷、才华横溢等。

现实中人的外表、体能或理性能力受先天遗传、后天努力和教育的影响，不同人之间相差极大，与公认的优秀标准有一个符合程度。人也难免因这个符合程度而对自己产生相应的认可度，当一个人对自己认可，就产生相应的感性自爱或理性自爱——类似于"自豪""自信"等情感，自爱过甚，就会"自满""自负"，反之，则是"自卑""自弃"。

感性自爱的产生还依赖于他人的认可，一个人总是被他人喜爱，追求爱人时也屡屡成功，就会越来越认可自己的本能条件，愈发自爱。正如理性自爱的产生也依赖于自设目标的达成程度，目标总能达成，则人也越来越认可自己的理性能力，愈发自爱。但是，很多人的理性能力也不一定和自己的愿望匹配，加上世事的发展常常出人所料，很多时候人虽然已经做出了正确的选择并付出了足够的努力，还是无法得到相应的成果。在这些情况下，理性就会无法自爱，甚至会陷入深深的自我怀疑。

人若陷入自我怀疑，就应该想办法取得对自己的和解，通过理性接受自己的生命体和意识体的构成，以及相应的本能和理性能力大小。这里的关键在于，首先，应认识到任何一具身体都是生命体经历亿万年演化，历经无数劫难的成果，即使带有缺憾，也是独一无二的，要利用理性去化解感性自卑。其次，建立相对合理的目标，通过成功让理性自爱有机会产生。否则的话，人压力会越来越大，越来越感到自己无法控制自己的生活，产生无力感和无价值感，并对未来失去希望，极端时甚至可能自杀。

自爱还时常受到亲情、友情和忠爱的干扰。在生命体意义上，感性自爱服务于自身生命体组方的求存，而亲情服务于家人生命体组方的求存,因为家庭成员之间有着共同的生命体组方,自爱和亲情的目标在很多时候是一致的。比如父母在危急时刻舍命救孩子,不是父母作为生命体不自爱,而是在那种情境下,让孩子生存下来对共同生命体组方的求存更有利,因而常常成为自爱和亲情的共同选择。

在意识体意义上,自爱服务于对自身意识体组方的认同,友爱则是对他人意识组方的认同,当两个好友有着共同的意识组方——理念、理想等时,自爱和友爱的目标就重合了。所以理性强大的人有时候会做出为朋友两肋插刀或为掩护战友牺牲自己的行为,为了让拥有共同理念的朋友存活下来,甘愿付出自己消亡的代价。同样地,当忠爱和自爱的目标重合时,就会做出"为国捐躯"的行为(见图30)。

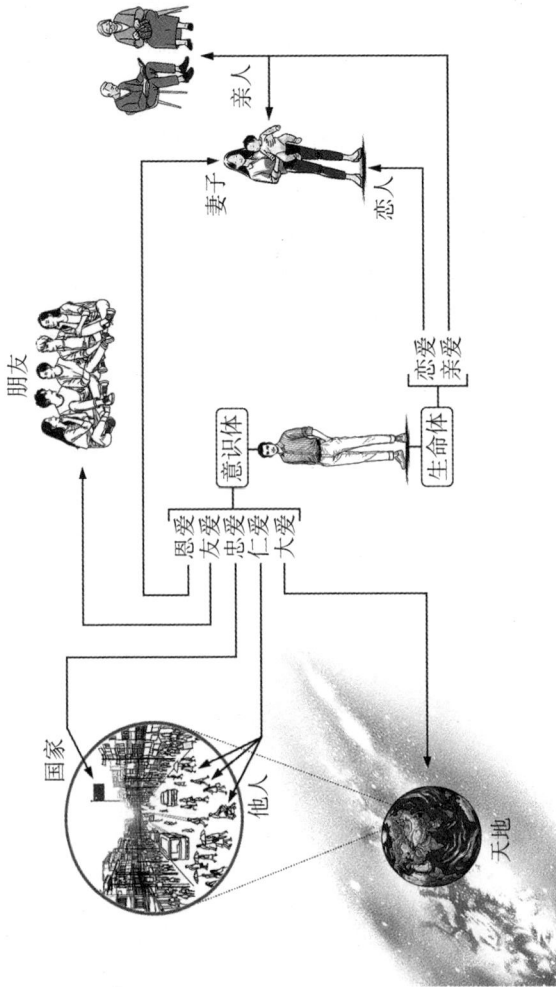

图 30　爱的分类和对象

第十八章　世间

　　早上 7 时,城市某个地铁站,又是一班地铁到站,人群蜂拥着涌出出站口,熙熙攘攘地走向各自的目的地。其中有一个瘦高的男人,戴着眼镜,拎着一个环保袋,脚步飞快。

　　他是一个环保工程师,在路口的办公楼上班。他有一儿一女两个孩子,所以他通过工作赚钱来养家糊口,抚养孩子们长大成人。作为环保工程师,他掌握着很多环保工程技术,通过治理环境污染为社会创造价值,得到自己的报酬。另外,他热爱思考,总在思考各种问题,期待找到答案。为此他每天早来办公室一个小时,把思考心得写下来。

　　工程师走进一家餐馆吃早饭,摄入足够一上午消耗的物质和能量。窗外走过的一个美女吸引了他的注意,那个美女身形窈窕,穿着一件红色连衣裙,裙下一双美腿又直又长。他被她吸引,是因为他是一个男人,虽然对事物有着深入的思考,归根结底是一个雄性动物,所以繁殖的本能驱使他去关注优良的异性。但也仅此而已,他已经结婚,法律规定好了他的繁殖对象,他向来是个遵纪守法的人。

　　而她是一个女人,她的身材样貌无不凸显她优良的生命体组方,那是她作为生命体的价值所在。她对此心知肚明,所以她美容化妆、穿衣打扮，将大量的资源用来修饰外表，将自身这一价值提升到极限，并期待在择偶的时候有更多的选择权。一定深度的思想当然也有必要，但不是决定性的，她也适当阅读书籍，让自己的谈吐不至于乏味，这就够了。她在小学三年级数学考试的时候就已经清楚地知道，思考能力不是自己的特长，这条赛道不属于自己。走过餐馆的落地玻璃时，她故作不经意地瞟了一眼自己的影子，同时感受到四周或大胆或怯懦的目光，内心一阵满足。她看向前方不远处停着的红色跑车和靠在车头耐心等候的男人，露出了浅浅的笑容，大步走向自己的幸福。

跑车边的男人是传说中的"富二代"，他的父母通过创办企业，积累了大量的财富，让他一出生就过上了优渥的生活，得到了最好的教育。他虽然身量不高且其貌不扬，但拥有很多人辛苦一辈子都得不到的东西，比如身旁的这辆价值不菲的车子，以及一整个庞大的家族企业。他自信地靠在车头，看到美女走过来，微笑着拿起了放在车上的一束玫瑰。

没有人注意到角落里正在打扫地面的清洁工。他是一个有点岁数的老男人，刚从千里之外的农村来到城市打工。他从小种地，在小小的山村里生活了大半辈子，熟知的是山村里的一切。来到城市才发现世界上竟然还有这么精彩的事物，那么漂亮的女人。但是他不敢多看，也不敢多想，他没上过学，能理解的东西很有限，年纪又大，只能做简单的工作。他想着趁着还能干活，多挣点钱，拿回去给孙子买玩具交学费。昨天他在保洁公司转正了，签了三年的劳动合同。虽然他并不明白这代表着一个社会体对他的正式接纳，让他从此成为这个庞大求存体中的一员，却也知道以后的生活有了更多的保障。"我这也算捧上半个铁饭碗了。"他心想。

不远处美女接过玫瑰花坐上了车,跑车发出一声轰鸣,扬长而去。一个喝空的易拉罐被扔在清洁工面前,吓了他一跳。扔易拉罐的是个小伙子,杂乱的头发和发黑的眼圈说明他刚刚结束了一通宵的游戏,出来吃点早饭然后回家睡觉。他属于所谓的"躺平"一族。工作太辛苦了,房子又太贵,他也曾努力工作,但看不到希望,所以他选择"躺平",每年随便工作几个月,只要钱够支付房租和买泡面可乐,剩下时间就用来睡觉和玩游戏。

"躺平"自然是被鄙视的,父母整天骂他没出息。骂有什么用,他也想立业成家,结婚生孩子,但每个月根本存不下几个钱。现下房价越涨越高,怎么努力工作也只能看着目标越来越远,主动放弃理想也是本能的选择。现在好了,他什么都不想,每天玩玩游戏,游戏里什么都有,饿了累了就吃饭睡觉,有什么不好呢?

小伙子浑浑噩噩地走了过去,旁边给违停车辆抄牌的交警瞥了他一眼,摇了摇头,继续抄牌。交警今年四十出头,家里刚生了二孩,收入不算高,但还够用,幸运的是在房价没有高得吓人之前买了房,虽然每个月还贷款有压力,但居有定所,孩子们在长大,每一天都有希望,生活过得很充实。交警是 80 后,和躺平的小伙子这样的 00 后最大的区别是,他们这代人童年经历过贫穷,也从父母那里看到或听到过太多生活的艰辛,因此普遍有着奋斗求生存的理念,特别肯干,也能吃苦。交警就是这样,他因出身贫寒而早早树立起改变生活的理想。他努力学习、工作,参与社会体的分工并期望得到更多的报酬,他的理想就是多攒点钱,把儿子女儿养大。自己两口子都有退休金,老了后生活不成问题。到时帮助孩子们付个首付,再帮忙带带孙子孙女,偶尔能去钓钓鱼,就完美了。每当想起这些,他就觉得很幸福。

工程师吃好了早饭,拎起布袋走出早餐店,走向前面的一个小广场，广场这边有一群老人在玩牌，他们已经退休，生命也正走向尾声，他们已经没有很多追求，只任由本能驱动理性进行一场又一场毫无意义的计算活动，去获取赢牌时的一点点快乐，为了增强这种快乐并减少无意义感，常常还要为胜利增加一点点赌注。边上不远处是一个拿着大笔蘸水在地上写字的老人，他的追求就要多一些，他沉默着一个又一个地写出大字。工程师凝神一看，"……会于会稽山阴之兰亭……"竟然是《兰亭集序》，字迹潇洒飘逸，颇得几分王羲之的真意。工程师心中感叹，脚下只管往前走，却又忍不住回头看地上的字，老人挥动大笔，让超脱的意识体组方和不凡的技艺在地上不断展现，只是水分蒸发极快，字迹难免越来越淡，前面的"永和九年"已经难以辨认，大半消失在了空气里。

广场另一边有一群大妈在跳广场舞，工程师看了她们一眼，继续往前走。广场舞虽然艺术性不高，但大妈们身上洋溢着生活的热情，是工程师最喜欢的。这股属于生命体的气息，在市井间所有熙熙攘攘的众人身上喷薄而出，不管是美女、清洁工，还是大妈们，都是一个个本能求存的生命体，为了实现生命体共同的目标而努力，只是有着不同的条件，碰到不同的境遇，做出了不同的选择，走上了不同的人生。

美女是幸运的，她有着美丽的外表，这表明她是健康的生命体和优秀的繁殖对象，在青春正盛的眼下，具备高昂的生命体价值。她坐在跑车上打开车窗，风吹起了她的长发，让无数路人侧目。亿万年沧海桑田潜心演化的美貌和现代工业精心打造的珍品，显得无比的和谐。美女向左看去，她很清楚，这个男人的外表是配不上她的，比她的前男友差多了。前男友高大英俊，学历也好，只是他的家境未免也太差了。他俩若在一起，足以生出最优秀的孩子,但是他们拥有的社会资源太少,日子就不免过得辛苦,能给孩子提供的成长条件也太差,未来的发展前景并不明朗。

美女的数学虽然不好,但有一种与生俱来的能力,在眼前的衡量中,一眼看穿不同选择背后的得失。就像眼前的男人虽然生命体组方质量一般,但他的家族所创办的企业是社会的重要组成部分,而他因此拥有大量的社会资源。她选择和他在一起,她的生命体价值和他的社会资源价值正堪匹配,她和她未来的孩子的前途一片光明,比起前男友来,这个选择似乎好多了。她相信以前男友的能力也能够打拼出自己的天地,但是,到那个时候她还剩下多少价值,又将面临怎样的竞争,这实在是过于不可预料和不可掌控了。美女心中叹了口气,扭头看着车窗外一个个被抛在身后的路人,又骄傲地扬起了下巴,她坚信自己会比他们过得更好。

驾驶座上的男人稳稳看着前方的道路,心中却在暗暗盘算。他想起了昨晚父亲对他说的话。父亲极少过问他的生活,他已经不记得父子俩上次这么亲密地交谈是什么时候的事情了。父亲说他这几年干得很好,足以撑起家里的事业,本不想干预他的人生大事,但眼下经济不景气,商场上波诡云涌,若能结一门强有力的亲家,就多了很多胜算。

这些年父亲的头发白了一大半,越发显得苍老了。看着父亲多少有点小心翼翼的表情,他只是点了点头,没有多说什么。他不太喜欢父母干预自己的私事,但其实对父亲的观点非常认同。这些年他看得很清楚,爱情并不难,在他走向办公室的路上,总能接收到各个方向投射过来的含情脉脉的目光,难的是怎么坐稳办公室里的那把椅子。

他知道,只要他坐在那张椅子上,追求女孩子总是充满了胜算。就像身边这位,他对她的企图了若指掌,也承认她给他带来了很多快乐。只不过,"在一起的时间不多了",他想起昨天母亲介绍的那个门当户对的女孩,扭头露出一个温暖的笑容,心中暗暗下了决心,"过完今晚就结束吧"。

跑车轰然而去,空气中充满了盘算的味道。美女的盘算几乎全部由本能驱动,任何一个生命体都必须精通于这样的盘算。只是根据各自的环境和策略而采取了不同的行动,比如螳螂新娘选择在洞房花烛夜吃掉她们的新郎,而狡猾的新郎也会想办法偷偷逃掉。女人们用子宫、乳房和母爱承担了大部分繁殖的工作,男人们就要在安全和提供粮食上多作贡献。现代社会的发展使大部分男人免除了兵役,也为女人们创造了大量工作的机会,女人什么都能干,也就使得男人们的处境尴尬,赚钱几乎成了男人唯一的天职。

跑车小伙颜值一般,只是五官还算端正,脑子虽然挺聪明,也不算拔尖,在生命体或意识体的优质程度上都不过中等水平。但他的家庭合法占有了大量社会资源,可以为子女提供优质的生活水平和高质量的教育,因此是个优质的配偶。红裙美女就看中了这一点,若是能够和小伙缔结婚姻,她和她的孩子就都可以成为一个成功家族的一员,分享他们积累的财富,完成一个阶层的跃升。和这个巨大的好处比起来,孩子在基因上吃点亏也就不算什么了。

婚姻是一个牢固的绑定,意味着巨大的机会,美女想抓住这个机会无可厚非。问题是小伙也想利用这个机会,他在生命体繁殖上扮演一个丈夫角色的同时,还是一个家族企业的当家人,他要为很多人负责,所以,他也想利用婚姻去为企业的存在谋取一些好处（其中包含自己巨大的利益），因此要绑定一个拥有大致等量社会资源的家庭——找一个"门当户对"的妻子。

同样地，清洁工、"躺平"小伙或者警察，所有人都是根据自己拥有的能力和条件去参与社会体，换取尽可能多的生存资料，让自己生活得好一点，然后让繁殖出的后代有更好的成长条件。

清洁工在山村长大，小时候没有机会接受教育，浑浑噩噩地长大后又浑浑噩噩地生下了儿子，也没有能力为儿子创造好的成长条件。所以他和他的儿子都只能从事相对简单的工作，用辛苦的体力劳动换取微薄的报酬。他连一瓶水都舍不得买，只知道把每一分钱都省下来给孙子。孙子在城市读书，成绩很好，将来一定会有出息。他也不知道为什么木讷的他生出了木讷的儿子，而木讷的儿子却生出了聪明的孙子。生命体将无穷多样的生命体特质隐藏于个体之中，通过繁殖排列组合，产生各色的人，使人群面对严苛且多变的环境，仍然能够茁壮地继续存在。正如清洁工的家庭，三代人的努力换来一个改变命运的机会，他甚至不明白自己卑微背后的伟大，他只知道每每想起孙子，心中总是充满着希望和本能的幸福。

警察就幸运多了，他出身的家庭虽然也说不上多富裕，但他小时候义务教育已经普及，好歹小学中学大学一路学上来。他小的时候，社会风气还很传统，大家都崇拜警察和科学家这样的职业。他也一样，加上他小时候经历过一次意外，在集市上和父母走失，差点被拐卖了，后来被警察解救并送回了家。所以他从小就立志当警察，高中毕业后报考了警校，又以优异的成绩毕了业，来到城市工作。这么些年下来，虽然辛苦，收入也不算很高，但这是自己喜欢做的事情，何况衣食无忧，该有的差不多也都有了,他对生活很满意。他抄完牌,又走到小广场边的红绿灯处指挥交通,刚好抓住一个闯红灯的中年男人,严肃地展开了交规教育。一个人追求他的利益,本无可厚非。但这个中年男人现在身处在一个社会体内,必须按照社会体的组方行事。当他为了自己的便利去闯红灯,就影响了正常通行的车辆,更严重的,是创造了一个可以通过破坏规则获利的局面,红灯前规规矩矩等候的人们顿时因为受到利益的引诱而蠢蠢欲动,社会体的规则和其背后的利益一瞬间都岌岌可危。如果不及时制止,通过处罚使其利益受损,瞬间就会有无数人因为利益驱使而效仿。维持社会体的正常运转,是警察的工作,他通过履行这一职责来参与社会分工,他衷心认可自己的社会角色,认真履行自己的责任。他这样的人是社会体存在的坚实基础。

"躺平"的小伙子也是个很平凡的人,不过他所处的时代所能提供的教育条件比起警察来已经好得太多了,所以他一路顺风顺水地读到了大学毕业。但也正因如此,就业市场竞争非常激烈,内卷严重。他的能力一般,成绩也一般,找了几份工作,都觉得太辛苦,而且工资又不高。这些年社会越发繁荣,但生活的压力却越来越大。他也一样,几次碰壁,思想就迷茫了,失去了努力的方向。干脆就听从本能的召唤平躺了下来,每天打打游戏睡睡觉,他觉得这样既好也不好,问题是,他似乎也找不到更好的活法了。如果条件具备,结婚生子自然是好的,但现在这些事情背后的成本太高,房子、车子、养育等,想一想都叫人畏惧,只能过一天算一天了。

小伙子浑浑噩噩,却未必有多痛苦,真正痛苦的是广场上写字的老者。他的意识认知超出常人,一生跌宕起伏,事情经历了不少,但也没什么成就。他从小爱好书法,这个爱好保持了一辈子,近些年他从书法中颇有新的感悟,感受到了一种至高至美的存在,无法言说,只能通过一遍遍地挥墨去领略。每当他沉浸其中,心头就泛起一种喜悦,那是一种无上的快乐,让他无法自拔,只是这种快乐稍纵即逝,然后环境的嘈杂、旁人的不解等生活平凡的细节就会阵阵袭来,无处不在,演变为巨大而持续的痛苦。

工程师将一切看在眼里,默默思考着。他从小接受过极好的教育,青年时游历天下,阅历非常丰富,又博览群书热爱思考,很早就认知到人的生活由生命体、意识体和社会体交织而成,因而亲爱父母妻儿、经营家庭以实现生命体求存,做一份工程师的职业以帮助社会体求存,再树立了一个理想,去追求事、物和人背后的普遍规律并记录下来,以实现意识体求存。

他看到了人群中所有人繁杂表象后共同的本质,他把这些本质总结为规律。在他看来,所有人不管贵贱、美丑和智愚,都是不同的求存体的交集,所表现出来的错综复杂的行为都是这些求存体的求存行为交织的结果,在极其复杂的表象下有着极其简单的本质,仅此而已。所有和他一样的思考者,各自穷尽毕生的力量取得一点点最为接近真理的理解,使"人"和"天"取得一点点的共鸣。这些星星点点的真知一起拼凑出一个共同的意识世界,这个意识世界精美、富含逻辑又贴近现实,最高限度地模拟了物质世界,随着这个世界不断被补充和完善,两个世界必将越来越贴近,越来越重合,朝着合为一体的方向不断前进(见图31)。

工程师走进自己的办公室,倒了一杯水,然后坐下来打开电脑,开始写作。深邃的思想在他的脑海中如云海翻涌。窗外,远处地铁站又一班地铁到了,一大波人从地铁口涌出来,熙熙攘攘地各自朝前走去。学生忙着去上学,主妇忙着去买菜,职员忙着

图 31　众生熙熙攘攘

去上班……这就是世间，无数的生灵有无数的目的，无数的生灵只有一个目的。

参考文献

［1］伯特兰·罗素. 西方哲学史［M］. 毛婷，易乐湘，译. 南京：江苏人民出版社，2023.

［2］亚当·斯密. 国富论［M］. 郭大力，王亚南，译. 北京：商务印书馆，2014.

［3］姚卫群. 佛学概论［M］. 北京：宗教文化出版社，2002.

［4］弗朗西斯·加斯凯. 黑死病：大灾难、大死亡与大萧条（1348—1349）［M］. 北京：华文出版社，2019.

［5］加里·温克. 大脑［M］. 雷霆，胡峰，译. 武汉：华中科技大学出版社，2021.

［6］罗伯特·温伯格. 细胞叛逆者：癌症的起源［M］. 郭起浩，译. 上海：上海科学技术出版社，1999.

［7］迈克尔·桑德尔. 正义：该如何做是好？［M］. 朱慧玲，译. 北京：中信出版集团，2013.